もふもふと異世界でスローライフを目指します！３

A L P H A L I G H T

カナデ
Kanade

アルファライト文庫

目次

第一章　エリダナの街　7
第二章　北の辺境地へ　226
番外編　木漏れ日　258

アディーロ
アリトの従魔となった美しい鳥。風を操(あやつ)るのが得意。
スノーティア
アリトの従魔(じゅうま)となったフェンリル。もふもふの毛並みは最高。
レラル
妖精族ケットシーと魔獣(まじゅう)チェンダの血を引く子。
アリト
日本から異世界アーレンティアに落ちた『落ち人』で、本作の主人公。『落ち人』について調(しら)べるため旅に出る。

キーリエフ

エリダナの街を作った、
好奇心旺盛(おうせい)なハイ・エルフ。

ティンファ

精霊族の血を引く少女。
しっかり者だが抜けている
ところもある。

ドルムダ

豪快(ごうかい)で物づくりが
好きなドワーフ。
キーリエフの友人
でもある。

CHARACTERS

登場人物

Mofumofu to Isekai de
Slowlife wo Mezashi masu!

Presented by KANADE

第一章　エリダナの街

第一話　到着と別れ

『落ち人』の俺——アリトこと日比野有仁は、仲間とともにエルフの国エリンフォードにある、エリダナの街にやって来た。

『落ち人』とは、他の世界からこのアーレンティアという世界に落ちてきた人を指す。

『死の森』に落ちた俺は、そこに住むエルフのオースト爺さんに運良く助けられ、この世界について学ぶことができた。そして自分と同じ境遇の『落ち人』について調べるため、旅に出たのだ。

　オースト爺さんの助言に従い、爺さんの故郷であるエリンフォードまで来たのはよかったのだが——

「よく来たね、アリト君！　待っていたんだよ！　さあさあ、早く話を聞かせておくれ。

オーストから君を保護したという手紙を貰ってから、アリト君と会いたい、話したいって何度も手紙を送ったのに、あいつは全部無視してくれたからね！　しかも、今度は君を旅に放り出したなんて言ってさ。その時の手紙には、エリダナへもいつかは行くだろうとあったから、もう、君に会いたくてずっと待っていたんだよ！」

あまりの勢いに圧倒されてしまった。

森と平原の境にあるエリダナの街に着くやいなや、あれよあれよという間に立派な屋敷に連れてこられた。すると、門の前でこのエルフの男性が待ち構えていたのだ。

「さあさあ！」とエルフの男性に腕を引かれ、そのままの勢いで背中を押されて屋敷に連れ込まれそうになったところで、やっと声を出す。

「ちょ、ちょっと待ってくださいっ！　あ、あのっ、まだ旅の連れがいるので、ちょっと待ってくださいっ！」

俺の後ろにいる旅仲間のエルフ――リナさんと、精霊族の血を引く少女のティンファは、エルフの男性の勢いに呆然としている。

俺の従魔のスノーことスノーティアとレラルは、エルフの男性を見上げながらちょろちょろしていた。

「ん？　ああ、アリト君のお友達かな。どうぞ君たちも入りなさい。今日はもう遅いから、今晩は皆で泊まっていくといいよ。アリト君はこっちだ！　さあさあ！」

エルフの男性は二人に視線を向けて頷くと、またニコニコと笑いながら俺の手を握り、屋敷の庭へ向かって歩き出した。

「えっ、うわっ、ちょっと待ってくださいっ‼」

ぐいぐいと、見かけによらない強い力で男性が屋敷へ連れ込もうとするのを、俺は何とか必死に足を踏ん張って耐える。

「貴方はキーリエフさん、ですか？」

恐らく間違いないと思うが、この男性が、オースト爺さんがエリダナに行ったら会うといいと紹介してくれた人物なのだろうか。まずはそこを確認しないと。

「ん？　そうだよ。僕はキーリエフ・エルデ・エリダナートだよ。君を保護したオーストとは古い馴染みでね。よろしく頼むよ。というわけで、さあ行こう、アリト君！」

そう名乗るやいなや、再び俺の手をぐいぐいと引いて奥に連れて行こうとした。

キーリエフさんの見た目は、どこか神経質そうな顔立ちの、細身の初老紳士だ。

それなのに、目をキラキラさせていたずらっ子みたいな表情で俺の手を引く姿は、とてもオースト爺さんと同じ長い時を重ねているようには思えない。

顔は、ロマンスグレーな美形のおじ様、って感じなのに。

なんだ、この人は！

俺がエリダナの街のことを考えると嫌な予感がしていたのは、絶対この人が原因だよなっ！

「いやいや、とりあえず一度落ち着いて話をしましょう‼」

◆　◆　◆

エリダナの街が見えたのは、夕暮れが近づいてきた頃だった。

ロンドの町を出ていくつか森や林を抜け、草原を歩いていると、遠くに森と街の姿が見えてきたのだ。

「うわぁ、なんかいかにもエルフの街って感じだな！　凄い……」

目を見開きながら、思わず言葉が口から出ていた。

街の周囲の壁は今まで訪れた街よりも低く、恐らく二メートルほどだろう。ただ、街壁の上には間隔をおいていくつかの塔があり、その上には警戒する兵の姿が遠くからでも見てとれた。

近づいていくにつれて赤茶の屋根が街壁の上から覗き、その奥には街壁よりも遥かに高いたくさんの大木がそびえ立っている。

大木の森の木々の合間には、樹上に建てられた家々やそれらを結ぶ通路があり、それは圧巻の景色だった。

　その家々も、ミランの森でお世話になったリアーナさんの家よりかなり大きく、恐らく二階、三階建てのものもあるだろう。

「ふふふ。ここはエリンフォードが建国されてから、王都の次に作られた街なの。それまではエルフも妖精族も精霊族も、森や霊山にそれぞれ集落を作って一族で住んでいたのよ。でもキーリエフ・エルデ・エリダナート様が、外の世界も知るべきだと森の境界に街を作ったの。それが、このエリダナの街の始まりね。そして後からエルフの知識を求めて来た外部の人たちが草原側に街を作ったの。だから、この街は森と草原とにかかる街なのよ」

　エリダナの街は、エリンフォードの国の中でも特殊だってことか。この街ができて森から出てきたエルフたちが少しずつ暮らしの範囲を広げていって、今のエリンフォードまで発展した、ということだな。

「ふわぁ。凄いですね！　聞いたことはあったのですが、こんな街だとは思いませんでした！」

　ティンファも目を輝かせている。

　エリンフォードでも、こんな街はエリダナだけだものな。なんかわくわくしてきた！

『アリト、見えないからだっこして？』

「お、レラル。ほら、見えるか？」

小首を傾げながら見上げておねだりしてきたレラルを抱き上げ、街が見えるようにする。

レラルは妖精族ケットシーと魔獣チェンダの血を引く珍しい子で、二足歩行になったり、獣姿になったりできる。今は森を出たので猫を一回り大きくしたような獣姿だ。

『うわぁ！　ここも大きな街だね。なんだか面白いよ。中に入るのが楽しみだね』

ミランの森から出たことのなかったレラルは、耳をピンと立てて初めての街に興奮していた。

まあ、俺も街の姿が見えて、わくわくしてきているけどな！

「うん、どんな街か楽しみだよな！　よし、さっさと街へ入ろうか！」

こうして俺たちは遠くに街を見ながら急ぎ足で歩き、暗くなる前に無事に門のところまでたどり着いた。

「エリダナの街へようこそ。身分証明書とギルドカードを見せてください。入街料金は銅貨一枚になります」

フェンリルであるスノーや、レラル、鳥型魔獣のウィラールであるアディーことアディーロを見てもにこやかに笑って迎えてくれた門番の人の耳は尖っていた。

スノー、レラル、アディーは皆俺の従魔だが、子供が従魔を連れていると怪しまれたり、従魔自体を警戒されたりするのが普通だ。

でも、ここは多種族が暮らす街だからか、スノーたちを見てもまったく驚（おどろ）かない。もちろん、スノーとレラルは種族がバレないように姿を一般的な獣サイズに変えているけどな。

さて、身分証明書は、どちらを出せばよいか。

オースト爺さんが用意してくれた身分証明書は、俺の本名のヒビノ姓と、オースト爺さんのエルグラード姓の二つがある。

悩（なや）んでいる間に、リナさんとティンファが手続きを済ませた。

「アリト君?」

「あ、あの。じゃあこれを」

ヒビノ姓のほうを出しても、すぐに爺さんの関係者だとバレる気がするんだよな……。

あとで騒（さわ）ぎになるのも面倒だし、だったら……。

おずおずと、ギルドカードと一緒に初めて『アリト・エルグラード』の身分証明書を差し出した。

「‼ こ、これは……」

ああ、やっぱり。なんとなく門番には俺が来ることが通達されているような気がしていたよ……。

オースト爺さんは、キーリエフさんに手紙を出していたみたいだし。

まったく、指名手配か！

「し、失礼しましたっ‼　すみません、どうぞこちらへお越(こ)しください」

「え、いや。とりあえず、キーリエフさんには明日伺(うかが)いますとお伝えいただけますか？　今は同行者もいますし、街で宿をとりますので」

うわあ。スノーたちを見ても余裕だったのに、エルグラード姓の身分証明書で門番さんが慌(あわ)てるって。

リナさんは「あちゃー」って表情で見ているし。ティンファはぽかーんってしているけどな……。

「いや、そういうわけにはいきませんので！　ちょっと失礼します」

「えっ？」

「じゃあ、これで」と適当に挨拶(あいさつ)してさっさと退散(たいさん)しようかな、とか考えていたら、門番が懐(ふところ)から小さな横笛のようなものを取り出し、思いっきり吹いた。

ええっ！　何をしたの？　……ん？　でも音が出ていないよな。

「あの、通ってもいいですか？　後ろに待っている人もいますので」

「ああ、申し訳ありません。どうぞこちらへ」

俺が後ろの順番待ちの列を示すと、門番は門の脇(わき)へ誘導しようとした。

「いえいえ。街の中へ入れてくれたらそれで……」

俺はそう言って手を振り遠慮(えんりょ)する。

　そんな押し問答をしていると、バサバサという音とともに大きな鳥型魔獣が一羽、門の脇の開けた場所に下りてきた。

　嫌な予感がしながら魔獣を見ると、その背からタキシードのような黒い服を着た初老の人が飛び降りた。

「貴方がアリト様ですね？　お待ちしておりました。どうぞこちらにお乗りください」

　真っすぐに俺の前に来て、執事のごとく折り目正しく一礼したその人を見て、嫌な予感が当たったことを知る。

「えっ？　いや、あの、旅の同行者もおりますから、明日こちらから伺わせていただきます」

「いえ。主人がお待ちですので、どうか今すぐお越しください。皆様もご一緒に」

「いや、あのっ！」

　門番の時から俺は、ずっと断っているんだけど！

「さあお乗りください。主人が首を長くして待っておりますので。失礼いたします」

　魔獣に乗る気はないのに、迎えに来た執事らしき人が再度一礼して頭を上げた時には、俺の身体が浮いていた。

「うわあっ⁉」

「えっ？　きゃあっ」

「きゃっ！　う、浮いていますっ⁉」

俺が声を上げたと同時に後ろからも慌てる声が聞こえたので、リナさんとティンファも一緒に宙に浮いたのだろう。

『ぐるるる。アリト、この人悪い人？　スノー、やっつけてもいい？』

「うわっ、ダメ！　ダメだスノー！　とりあえず大人しくしていて！」

恐らく魔法だろう。ふわっと身体が宙へ浮いたと思ったら、俺たちはあっという間に鳥型魔獣の背にいた。レラルも一緒だ。スノーは最初こそ抵抗していたが、俺が宥めると自ら魔獣の背に飛び乗る。

「すみません、強制的に乗せさせていただきました。ゆっくり飛びますが、立たないようにお願いします。では行きますよ」

返事をする前に、あっという間に空へ飛び立つ。オースト爺さんの従魔ロクスのようにビュンッとではなく、ゆっくりとだったが。

「……飛んでいるわ」

「凄いです！　空を飛んだのは初めてですね！　うわぁ！　とっても高いです！　街の人があんなに小さく見えますよ！」

……ティンファって凄く肝が据わっているよな。俺たちは無理やり連行されている最中だっていうのに。

呆然としている間に草原に広がる街の上を過ぎ、木々の間の建物を見下ろす。

空から見た樹上の街は、遠くから見た時よりもさらに幻想的だった。木々の間にはいくつもの通路が掛けられ、それに繋がれた家々がはっきりと見える。

日本では考えられない光景に圧倒されていると、あっという間に街の奥側にある街壁までたどり着き、地面へと降りていった。

降り立ったのは街壁のすぐ傍にある、木の下に造られた大きな屋敷の前の開けた場所。

そして、そこで待ち構えていたキーリエフさんに捕まって今に至るわけだ。

◆◆◆

「ほお、これは美味しそうだね！　では、いただくとしようか。礼儀作法は気にしなくていいから、皆さんも好きに食べなさい」

キーリエフさんが屋敷の食堂のテーブルに並んだ料理を見て笑顔になる。

「おうおう！　これは美味そうだな！　魚とは、いいねぇ。酒が進むってもんだぜ」

ガハハハハ！　と笑いながらジョッキに入った酒を片手に、焼いた魚の干物を食べだしたのはドワーフのドルムダさんだ。

この人にもオースト爺さんが紹介状を書いてくれていた。でも、爺さんの手紙にはツウエンドの街にいるって書いてあったのだけどな。

屋敷の前でキーリエフさんと押し問答していたところに、あの後ドルムダさんが乱入してきたのだ。

ドルムダさんには、オースト爺さんがマジックバッグなど、俺と作った物の品定めを頼んでいたそうだ。俺がこれからエリダナの街へ行くと爺さんに伝えたので、爺さんは手紙にそのことを書いてドルムダさんに送ったらしい。

俺の訪問を待ちわびていたドルムダさんは、それを読んで、すぐにエリダナの街へ来たという。キーリエフさんとも古い知り合いなのだそうだ。

「俺のほうがずっとこいつを待っていたんだから、俺が先だ！」

「なんだと！　この街へは僕を訪ねて来たんだから、僕が優先に決まっているだろう！」

どちらの用事が先かとドルムダさんとキーリエフさんが屋敷の玄関で揉め始めた時に、もう面倒になって二人にこう囁いた。

『もうすぐ夕食の時間ですよね。俺が今から異世界風の料理を作りますので、皆でとりあえず夕食にしましょう』

俺が『落ち人』であることは爺さんから伝わっているはずだから、きっと食いついてくると思ったのだ。

予想通り効果は抜群で、即座に争いをやめた二人は揃って屋敷の食堂まで案内してくれた。

今日は宿で旅の疲れを癒したかったのだが、仕方なくキーリエフさんたちに付き合うことにしたよ。もちろん、リナさんとティンファもだ。諦めが肝心だよな……。

屋敷の料理人に許可を取って、もう仕込み始めていた料理はそのままに、俺が何品かおかずを追加で作らせてもらった。

料理長のゲーリクさんは一見、気難しそうだったからどうしようかと思ったけれど、俺が料理を作っている間、熱心に質問してきた。話してみたら気のいい人だったよ。

作ったのは湖で獲った魚で作った干し魚を焼いたものと、マヨネーズを使ったポテトサラダ。あとはハンバーグだ。

ハンバーグのたれは、ロンドの街で買ったマトンの実を細かく切って煮込んだトマトソース。マトンの実は熟していないトマトよりもさらに青臭さがあったが、甘めの玉ねぎのような根菜と煮込むことで、なんとかトマトソースに近い味になった。

「美味い！　これは何を使って味付けをしているんだい？　こんな味は初めて食べたよ」

ポテトサラダを食べて興奮しているキーリエフさんは、オースト爺さんと同じくマヨラーになりそうだ。

「うめーな、これは！　美味い肴があると酒が進むってものよなっ！　ガハハハハッ」

ドルムダさんは干し魚とハンバーグを食べながら、ガブガブと酒を飲んでいる。

ドワーフのドルムダさんは小柄な俺よりもさらに背が低く、がっちりとした体格だ。腕は筋肉が盛り上がり、樽のような腹まで伸びた長い髭を三つ編みにしていた。

やはりドワーフは酒が好きな種族なのだろうか。酒の肴になる料理はまだ他にもある。ガーガ豆を塩ゆでしたら枝豆のような味だったし。あとはジャガイモと似た味の芋もあるから、フライドポテトとかも作れる。まあ、これから小出しに作っていこう。

俺とリナさん、ティンファにレラルとも同じテーブルで、キーリエフさんは色々食べては満面の笑みを浮かべた。

「ちょっと、アリト君。今までこんなの作ってくれたことなかったじゃない！　すっごく美味しいわね！」

「ほわぁ。何ですかこれ？　何を使ったらこんな味になるのかさっぱりですが、美味しいです！」

最初リナさんやティンファは、貴族だというキーリエフさんたちと同じテーブルで緊張して落ち着かない様子だったが、今は夢中で料理を食べている。

まあ、屋敷前に現れたキーリエフさんの態度からは、気難しい感じなんてまったくしなかったしな。

「アリト！　とっても美味しいよ！　焼肉もいいけど、これも好き！」

うれしそうにそう言ったレラルの口の周りは、トマトソースだらけだ。

ニコニコなレラルを撫でながら、そっと口の周りを拭いてあげたら、にぱあって笑った。うん、可愛い。

俺が食事を作っている間に、皆は改めて自己紹介をしたそうだ。

レラルはケットシーとチェンダの混血だと、初めに伝えてある。リアーナさんから、キーリエフさんには言って大丈夫だと聞いていたからだ。今のレラルは獣姿からケットシーの姿になり、椅子に座ってスプーンやフォークを使って食べている。

俺を街の門まで迎えに来た人は、やはりこの家の執事だったらしく、料理をしている間に挨拶してくれた。ゼラスさんというそうだ。

無理やり連れてきたことに対してお詫びしてくれたのだが、まあ、キーリエフさんのあの様子では仕方ないことだったと謝罪を受け入れたよ。

その時に、リナさんとティンファは客室に案内したと報告もしてくれた。

とりあえず今日のところは食事で気を逸らすことに成功したみたいだし。明日も何とかごまかして、ティンファをおばあさんの家に送っていこう。

故郷に向かう途中だからと付き合ってくれたリナさんも、エリダナの街を明日発つかはわからないけれど、少なくともこの屋敷は出ていくだろうしな。

俺も本当はこんな大きな貴族のお屋敷にずっと滞在するのは遠慮したいが、たぶん離れるのは無理だろうと諦めた。

レラルも好きに過ごせるし、スノーも自由にしていられるのはありがたいけど。

これからどうなることやら。

とりあえず今晩はゆっくりスノーをもふもふして癒されたい。なんだか凄く疲れたよ……。

昨晩は部屋へ案内された後、スノーとレラルを存分にもふもふしてから眠りについた。

用意してもらった部屋は、品の良さが漂う趣のある部屋だった。それとなく置かれている家具は、恐らく名のある人が作った物だろう。

大きなベッドもあったが、床にスノー用のクッションと布団を敷いて、いつものようにスノーのお腹で寝た。お屋敷の部屋なんて、庶民には居心地が悪いよな。

そして、今日は普段通り早朝に目が覚めた。

視界に見慣れない天井が映り、今自分がいる場所を思い出す。

それと同時に昨日の騒ぎを思い起こしてげんなりし、今日は何としても、キーリエフさんたちに捕まる前に、ティンファやリナさんと一緒に街へ行こうと決意した。

「よし！　とりあえず朝食を作って、ゼラスさんに言って街へ案内してもらおう」

料理長のゲーリクさんに頼めば調理場を使わせてくれるよな。さっさと支度をしよう！

『おはようなの、アリト』

「おはよう、スノー。アディーもおはよう。今調理場へ行ってご飯を用意するから、一緒に来てくれ」

『ふん。仕方ないな』

アディーは相変わらず無愛想だ。まぁ、それでも付き合ってくれるあたり、優しいのだけどな。

着替えてから浄化の魔法を掛けて身ぎれいにすると、すぐさま部屋を出て調理場へ向かう。

「おはようございます、アリト様」

「おはようございます、ゼラスさん。様はやめてください。この通り若造なので、呼び捨てでお願いします。それですみませんが、朝食を作らせてもらってもいいですか？　それと、食べたらすぐ街へ出て、ティンファをおばあさんの家まで送っていきたいのですけど」

「ゲーリクに言ってくだされば、調理場はご自由にお使いいただいてかまいませんよ。食事の支度までお気遣いくださりありがとうございます。申し訳ありません、あの通り興味を持った方に対しては子供のように振る舞う主ですので。街へはご案内がてら、私が馬車で送らせていただきます。ではお二方が起きられましたら、調理場の脇にあるダイニングへ案内しましょう」

「ありがとうございます。街までよろしくお願いします。では調理場へ行きますね」

ゼラスさんには、朝食でキーリエフさんとドルムダさんの気を引いた隙にこっそり出かけようという俺の意図が通じているな。さすが執事さんだ！

広い廊下の真ん中を、両端にある調度品に触らないようにスノーとアディーを連れて進む。調理場へ着くと、朝食の支度を始めていたゲーリクさんに声を掛けた。

スノーたちは自分で浄化を掛けていつも身ぎれいにしているが、さすがに調理場へは入れられないので、入り口で待っていてもらう。

「おはようございます、ゲーリクさん。すみませんが、朝食のおかずを足してもいいですか？」

「おはよう。……キーリエフ様か？」

「はい。連れを街まで送っていきたいので……。昼の分のおかずも作りますから、温めて出してもらえませんか？」

「まあいいだろう。その代わり俺も一緒に作るぞ」

「はい。素人仕事で恐縮ですが。あ、スノーとアディーのご飯を先に作らせてもらいますね」

「ああ」

ゲーリクさんの口調はぶっきらぼうだけど、いい人だ。体形が、今まで見たどのエルフの人よりも大柄でゴツイ。胸板は分厚い筋肉に覆われ、まくり上げた袖から覗く腕も逞しい。もしかするとエルフ系の混血なのかもしれないな。

まあ、もう俺は「エルフ＝クールで知的な美形」なんて幻想は抱いていないぞ。

「お待たせ、スノー、アディー。ここに置いておくな」

『死の森』の魔物の肉を焼き、二人に出す。

続いて朝食の準備だが、ゲーリクさんはまだパンの仕込みをしただけだというので、おかずを全部作らせてもらうことになった。

「もしかして、それは辺境地の魔物の肉か？」

「はい、そうです。二人とも俺にはもったいないくらいに強いので、上級の肉じゃないと魔力を十分に補給できなくて。お世話になったオースト爺さんが、定期的に手紙と一緒に肉も送ってくれるんですよ」

旅に出て様々な動物や魔物の肉を食べたが、やはり『死の森』の魔力濃度の高い肉が一番美味しかった。

ちなみに肉を収納しているマジックバッグのことは、ドルムダさんもいるしキーリエフさんも知っていたので、この屋敷では隠していない。

「オースティント様か……。さすが『死の森』の魔物の肉だな。森の奥地か霊山の魔物にしかありえない魔力濃度だ」

オースティント「様」、ね。爺さんの名前を出すのは気をつけないといけないな。

「あ、使いますか？　まだいっぱいありますし、良かったら他の素材も色々出しますよ」

「……夕食はその肉で何か作ってくれ。それをメインにする」

「はい。では後で肉の種類を見せますね」

昨日部屋に案内してもらいながらゼラスさんに聞いたところ、この家にはキーリエフさんしか住んでいないそうだ。領主館は街の別のところにあって、息子さんたちはそちらで暮らしているらしい。

だから普段この家には、執事のゼラスさんと料理長のゲーリクさん、そしてゲーリクさんの奥さんでもあるメイド長のナンサさんと、使用人の男性一人しかいないそうだ。

何かあれば領主館から人を呼ぶという。今はドルムダさんが滞在しているので、昼間に領主館から二人、メイドさんが来ているようだ。

「あ、ゲーリクさんたちはもう朝食は食べられたんですか？　まだだったら全員分作りますよ」

「ではいただこう。味見だけよりもしっかり食べたほうが味をよく確認できるからな」

昨日、俺の料理の味見をしてもらったら、ゲーリクさんの態度が柔（やわ）らかくなった。

味を認めてくれたのだろうと思うと、とてもうれしい。ゲーリクさんが作った料理は、旅に出てから食べたもののうちで一番美味しかったから、なおさらだ。

「まあ、色々な調味料を使っているだけですけどね。よかったら後で調味料の作り方もお教えしますよ」

「……いいのか？　じゃあ頼む」

昨日料理に使ったマヨネーズを作った時、ゲーリクさんは味見をして目を見張っていた。それから何も言わずに、俺の作業を見守ってくれたんだよな。

他にもウスターソースにコンソメ、それにデミグラスソースやトマトソースもある。

今まで俺が作って出した料理は、この世界の人の舌に合っているようで、皆が美味しいと言ってくれている。美味しいものをどこでも食べられるようになれば俺もうれしいから、皆にもぜひ使ってもらい、さらに改良なんかして広めてくれたらいいよな！

まぁ、だからといって、俺が表立って売ったり広めたりはしたくないのだが。

「では作っちゃいましょうか」

パンを窯（かま）に入れて手の空（あ）いたゲーリクさんと一緒に、全員分の朝食の準備をすることにした。

屋敷の食糧庫にあるものを自由に使っていいということなので、見たことのある食材を持ってくる。

食糧庫には、俺の知らない食材が大量にあった。でも今は急いでいるので、味を知っている材料で作ることにする。未知の食材は、今後のお楽しみってことで。

足りなかった素材や調味料は、カバンから取り出して調理台に並べていく。それを、ゲーリクさんは横で興味深そうに見ていた。

「朝なので、野菜のスープとオムレツ、しゃぶしゃぶにしたお肉と生野菜のサラダを作りましょう。昼食用には、シチューを用意しますね」

ロンドの町で大量に卵と乳を買ったので、椀飯振る舞いだ。あまり保存がきかないためか、さすがに食糧庫にも卵と乳はなかったからな。

料理長であるゲーリクさんに補助をお願いするのは申し訳ないけれど、今は急いで作って逃げないと、昨日のようにキーリエフさんに捕まってしまう。さっさと作ろう。

スープとシチュー用の野菜の下ごしらえをゲーリクさんに頼み、俺はいつものように二つの鍋に水を出して火に掛け、出汁用に干し肉を削って入れる。

そこにゲーリクさんに刻んでもらった野菜を入れ、マトンの実も皮を剥いてから細かく切って加えた。ミネストローネ風スープだ。

もう一つの鍋には大きめに切ってもらった野菜と、鶏肉に似た味の肉を切って入れる。灰汁を取りながら次の料理の準備だ。

シチュー用のホワイトソースは、小麦粉と乳をだまにならないようにあらかじめ混ぜておき、別の小鍋でゆっくりと弱火でとろみを調節しながら作る。バターはないが、それっぽくはなった。

キーリエフさんもドルムダさんもまだ起きてこないから、今のうちだな！

オムレツは、俺が説明しながら一度作ってみせたら、次はゲーリクさん一人で作ってくれた。

　この間見つけたフレッシュチーズのムームンを入れてみたので、とろけたチーズの風味がして美味しいぞ。植物油を使ってふわふわに仕上げたら、ゲーリクさんにかなりの衝撃を与えたみたいだ。

　サラダ用のドレッシングにも植物油を入れて作ってみせると、それにも驚いていたよ。こちらでは生野菜を塩や果汁のみで食べるらしい。

　そうやってゲーリクさんに説明や味見をしてもらいながら料理を作り、丁度朝食の準備が終わった頃に、ゼラスさんがリナさんとティンファが起きたことを教えに来てくれた。

　そこで後はゲーリクさんに任せて、俺も朝食にする。シチューは味付けを済ませ、お昼には焦がさないよう温めてくださいとお願いした。

「おはよう、アリト君」

「おはよう、リナさん。ティンファもレラルもおはよう。朝食を食べたらゼラスさんが街へ案内してくれるから、ティンファをおばあさんの家まで送っていくよ」

　ちなみに、ゼラスさんにも俺たちと一緒に朝食をとることを勧めておいた。キーリエフさんは、いつももっと遅い時間に起きるみたいだしね。

「ありがとうございます！　私もこの街へ来たのは初めてで、おばあさんの家もわからなくて。一人では不安だったので助かります」

「ふふふ。じゃあ私もティンファちゃんを送ってからギルドへ顔を出して、明日か明後日にはエウラナへ出発するわ」

「わかりました。では街を案内してもらいながら、ティンファのおばあさんの家を探しましょうか」

　丁度俺たちが食べ終わる頃にキーリエフさんが起きてきたけれど、朝食を出したら目を輝かせて食べだしたので、その間に食堂をそっと抜け、支度して屋敷を出た。ふう。

　ちなみにムームンを入れたオムレツは大好評だったぞ。ゲーリクさんもムームンの味に唸っていたから、ロンドの町でしか買えないことと、日持ちがしないことを伝えておいた。

「すみません、ゼラスさん。ありがとうございます」

　今はゼラスさんが出してくれた馬車で移動中だ。馬車は目立ってしまいそうだからと一度は辞退したが、小型の馬車を出してくれたので、それに乗せてもらうことにした。

　この馬車は荷馬車でも幌馬車でもなく、小型の黒塗りのいわゆる箱馬車だ。

　箱馬車はナブリア国の王都で見かけたが、まさか自分が乗ることになるとは思わなかった。

しかもこの馬車、発明家で有名だというキーリエフさんが作っただけあって、揺(ゆ)れが少なくてお尻も痛くならない！　サスペンションを発明したのか凄く気になるから、後で聞いてみよう。

ゼラスさんにティンファのおばあさんの手紙にあった住所を見せたところ、森の方の街にあるとのことだった。

でも街の案内も兼(か)ねて、平原の街まで回ってくれている。キーリエフさんの屋敷は街の一番奥なので、ぐるっと大回りする感じだ。

「本当に凄いですね……。数回だけ荷馬車に乗ったことがありますが、とても揺れて座っているのも大変でした。でも、この馬車は全然揺れませんね」

「ええ、凄いわよね。でも、あのキーリエフ様の馬車だと思えば納得だわ」

ティンファもリナさんも、感心しきりだ。

「アリトさんが、キーリエフ様とお知り合いだとは思いもしませんでした」

「いやいや、俺じゃないからね！　昨日も言ったけど、あくまで俺を育ててくれた爺さんの古い知り合いだから！　なんか爺さんが手紙で色々知らせていたらしくてさ……。俺もこんなことになるとは予想外だったんだよ」

嫌な予感はしていたけど、まさか街に着いた瞬間に、あんな展開になるとは思わなかったのだ。

ティンファはこの国の生まれだから、当然キーリエフさんのことは知っていた。

俺は爺さんの知り合いを訪ねるとは言ったけど、キーリエフさんの名前は出さなかったから、驚かせて悪いことをしたな。こんなことになるのなら、あらかじめちゃんと説明しておくべきだった。

「まあ、キーリエフさんがあんな感じだし、俺はしばらくあの屋敷に滞在していると思うんだ。ティンファも何かあったら訪ねてきてくれな。アディーに手紙を持たせて送るから、たまには会って街でも見て回ろう。せっかくだし、最後にリナさんとも観光したかったんだけど……明日も屋敷を抜けられるかはわからないので」

「まあ、アリト君。またそんなことを言って。ガリードも言っていたでしょ。商人ギルドへ行けば、たぶん手紙が来ていると思うわよ？　これっきりにするつもりは私たちにはないんだし、そんなお別れみたいなこと言わないで。それに、ナブリアへ戻る前にモランを使いに出すから、その時はまた一緒に街を回りましょう」

リナさんもそうだが、冒険者パーティ『深緑の剣』の皆は本当にいい人だ。リーダーのガリードさんも、元気にやっているかな。

「……はい、わかりました。そうでしたね。ガリードさんに手紙を出さないとですね」

「そうよ。エリダナにしばらくいるのなら、手紙を出しておかないとうるさいわよ？」

「わかりました。帰りに商人ギルドへ寄ってみます」

ナブリア国の王都を出る時に面倒をかけてしまったし、ガリードさんたちにはお礼の手紙を書くと約束していたんだっけ。

約束、か。いつの間にか、俺もこの世界で約束をする相手ができていたんだな……。オースト爺さんも、俺が旅に出た後もこうして気にかけて、色々と手を回してくれている。

なんだか、ちょっとくすぐったい気持ちになるな。

祖父母を亡くしてから、こんな気持ちになったことは一度もなかった。

何かを察したのか、すり寄ってきたスノーとレラルを撫でる。その温かな体温を感じながら、気恥ずかしさを噛みしめていた。

◆　◆　◆

エリダナの街は、馬車の小さな窓から見ていても幻想的で綺麗だった。

森の部分の街で、木の上だというのに、なぜあんなに大きな建物が建っていられるのかと不思議がっていたら、リナさんが建物の中にも木の枝を通し、魔法を使って支えているのだと教えてくれた。

森で暮らしている昔ながらのエルフの集落では、そうやって家を建てているそうだ。このエリダナの街ほど、大きな建物は造らないということだったが。

　木の上に家を建てる理由は、森の奥でも魔物や魔獣に襲われることなく安全に暮らすためだそうだが、今では普通に地面に建てた家で暮らすエルフも多いという。

　道から見上げる樹上の家々やそれを繋ぐ木の回廊はとても幻想的で、ここが異世界だということを実感させられた。

　森を出てすぐの場所には木で作られた古い街並みが、そして森から離れていくにつれ、石やレンガのような土で造られた家々が広がっている。

　平原の街にも所々に木が植えられた公園などがあり、中世ヨーロッパを思わせる街並みだ。

　レンガなどで造られた家は四、五階建てのものが多く、ナブリアの王都で見た家よりも近代的な建物であるだけに、森の住居との対比で独特の雰囲気が生まれていた。

「ここがお探しの住所になります。どうされますか？」

「ありがとうございました、ゼラスさん。帰りは歩いて戻れますので、ここで大丈夫です。夕方前には屋敷へ帰りますから、キーリエフさんにはそう伝えてもらえますか？」

「はい、わかりました。もし屋敷の場所がわからなくなりましたら、街の警備兵へ言ってくだされば案内いたしますので」

　それは俺のことは警備兵に周知してある、ってことなのか？　門での出来事といい、俺のことをどこまで通達してあるのだろうか……。キーリエフさんの客人ってだけだったらいいのだが。

「わ、わかりました。案内していただいて、ありがとうございました」

「「ありがとうございました」」

俺に続き、リナさんとティンファも頭を下げた。

遠ざかる馬車を見送ると、ティンファのおばあさんの家を振り返る。

その家は、平原の街から森へ入ってすぐの木の枝の上に建っていた。地上からでも上れるように、木の階段もある。こぢんまりしていて、いい雰囲気の家だ。

「どうする、ティンファ。一人で行けるかい?」

「……はい。この手紙を見せてみます。あの、アリトさんとリナさん、ここで待っていてくれますか?」

「いいよ。待っているね」

「ふふふ。いいわよ。行ってらっしゃい」

「はい!」

ニッコリと笑ったティンファは階段を一人で上がっていき、その後ろ姿をリナさんと一緒に見送る。

しばらくの間、リナさんと街のことや今後の予定について話していると、ティンファが一人の女性を連れて下りてくるのが見えた。

「あなたたちがティンファをこの街まで連れて来てくれた、アリトさんとリナさんね。どうもありがとう。私はティンファの祖母のファーラよ。お蔭で孫に会えたわ。この子とは、赤ん坊の時に会ったきりになっていたの」

ニコリと微笑む優しい笑顔がどことなくティンファと似ており、血の繋がりを感じてほっとする。

エルフの血が多いのだろう、祖母というよりは母親と言ったほうが違和感のない見た目の、優しそうで上品な感じの人だった。背はティンファよりも高く、リナさんよりは低い。

「こんにちは。アリトと言います。俺もこの街に用事があったので、気にしないでください。しばらくはエリダナにいると思いますから、またティンファを誘いに来ますね」

「こんにちは。リナリティアーナと言います。私はエウラナへ里帰りする途中なので、またエリダナの街を通りかかったら顔を出させていただきますね。ティンファもおばあさんに会えて良かったわね」

「はい、ありがとうございます！　おばあさんがエリダナにいる間はこの家で過ごしていいと言ってくれたので、ここでしばらく勉強したいと思います」

うん、いい笑顔だ。いくら祖母と言っても、会ったことがない相手を頼るのは不安だったはず。本当に良かった。このおばあさんなら、ティンファも上手くやっていけそうだ。

俺が旅に連れ出した気がして責任を感じていたけど、この人と暮らせるのなら、ティンファもあの村に一人でいるより良かったのかもしれない。

「ふふふ。会えなかった分、おばあさんとゆっくりと語り合ってね。では、これで私たちは行きます。またね、ティンファ」

「またな、ティンファ。何かあったら、あの屋敷に遠慮なく来てくれな」

「はい！　ありがとうございました！　また、です」

「ありがとうね。また家に寄ってくださいね」

笑顔で手を振って別れることができ、肩の荷が一つ下りた気がする。

でも、ティンファの容姿は特殊だから、もの珍しさでいつ誘拐されるかわからない。

馬車の窓から見た街を行く人々は、様々な種族の特徴を持った人が多かったが、ティンファみたいに耳が羽になっているという人は一人も見かけなかった。

やはり騒動に巻き込まれないように、せめてこの街にいる間はアディーに警戒を頼んでおこう。

「アリト君は商人ギルドに寄るのよね？　私も討伐ギルドへ行くから、一緒に大通りまで戻りましょう。もうお昼だし、昼食を食べましょうか」

「いいですね。そうしましょう」

商人ギルドも討伐ギルドも、エリンフォードの国の外から入ってきたのだろう。どちらも平原の街の大通りにあった。

こうやってリナさんと一緒に歩くのも今日までだ。そう思うと、しんみりしてしまう。

思えば、この世界で見た初めての街――イーリンの街から王都、そしてこのエリダナの街まで、リナさんとはずっと一緒だった。その間に一般常識から薬の調合まで、様々なことを教わったな。

でも、これで「さよなら」じゃない。「またいつか」だから。

大通りにある店に入り、エリダナの街の名物だという木の実が入ったパンと、野菜たっぷりの煮込みを食べた。

「色々ありがとうね。アリト君との旅は美味しいものを食べられたし、とても楽しかったわ。また、いつか一緒に旅をしましょうね」

リナさんとティンファには、すでに調味料を各種少しずつ渡してある。リナさんは「私も少しは料理を勉強しようかしら」と苦笑(くしょう)していたが。

旅の間に倒した魔物の素材も、すでに分配済みだ。

「はい。俺も一緒に旅をすることができて楽しかったです。リナさんたちには、本当に様々なことを教えてもらいました。おかげで、何とかこれからも旅をしていけそうです。当面はこの街にいると思いますが」

「ええ。……私も実家に戻って、ちょっとのんびりしようかと思っているの。しばらく仕事の依頼もないと思うしね。何かあったらモランを使いに出すし、手紙も書くわ」

「はい。ありがとうございました、リナさん。また！」

「またね、アリト君。元気でね！」

食事をした店の前でリナさんと手を振って別れると、リナさんは討伐ギルドへ、俺は商人ギルドへと向かってそれぞれ歩き出す。

『アリト、リナとまた会えるよね？』

じっと俺を見上げるレラルを抱き上げ、そっと撫でる。

『ああ、もちろんだよ。また会えるさ』

『うん！』

レラルは旅の間ずっとリナさんと一緒に寝ていたので寂（さび）しそうだ。昨晩も最後だからと、リナさんがレラルを連れていった。

オースト爺さんのところから旅立った時は、スノーとアディーと三人だった。今はレラルもいるから四人。それでも、やっぱり少し寂しい気持ちになる。

その一方で、「また」と言って別れる人がこの世界でできたことをうれしくも思う。

この今の気持ちを胸に、俺は俺の旅をしよう。

「さあ、商人ギルドへ行って街を少し回ったら屋敷に帰ろうか。……戻ったらまた質問されて大変だろうな」

街の中でも比較的新しい部分である大通りは、とても賑わっていた。

ナブリアの王都よりも活気があるように見えるのは、人種の多様さだけでなく、大通り沿いの店の全てに大きめのガラス窓がはめ込まれていて、店内の様子が見えるからだろうか。

キーリエフさんがガラスの製法を発見したのかな？　あるいは、キーリエフさんがこの街にいるから、最新の技術を研究する人が集まっているのかもしれない。

馬車の窓から見た、ゼラスさんに職人街と言われた通りを思い出す。煙突からは煙が立ち上り、通りは喧噪に満ちていた。

こうやって大通りを歩いている今も、この世界で見たどの建物よりも高い塔が遠くに見えている。あの塔は、キーリエフさんが研究のために建てたものだと、ゼラスさんが教えてくれた。

うーん。エリダナの街はこの世界で、一番発展しているってことなのかな。こんな均一なレンガの家なんて初めて見たし。ナブリアの王都よりも、さらに技術が進んでいそうだ。その全てがキーリエフさんの発明によるのだろう。

まあ、俺は日本で技術的な仕事をしていたわけではないし、電気の説明すらできる自信がないから、俺の話を元に発明するとしても限界はあると思うけどな。

屋敷で待っているだろうキーリエフさんのことを思い出し、元の世界のことをどう話そうかと考えつつ街を歩く。

商人ギルドには、やはりガリードさんたちからの手紙が届いていた。それを受け取り、エリシアの街でまとめて作った薬と採取した薬草を売る。

この街では薬草よりも薬の供給量のほうが多そうだと思っていたが、この近辺にない薬草で作った薬もあったので喜ばれた。当然、薬草も大歓迎されたぞ。

その後はギルド直営店を覗いてラースラや見慣れない野菜などを買い求め、街中を店に並ぶ商品を眺めながらのんびりと歩いて屋敷へ戻った。


「アリト君、アリト君！　やっと戻ってきたね！　今朝は気がついたらいなくなっていたから驚いたよ！　朝食も昼食のシチューも凄く美味しかったけどね！　ゲーリクに作り方を教えてくれたって聞いたよ、ありがとう！　この年になっても珍しくて美味しいご飯が食べられるなんて、とてもうれしいよ。でも美味しいご飯もいいけれど、やっぱり僕が聞きたいのは君がいた世界のことなんだ‼」

「え、えーと……」

屋敷の扉を開いた途端、予測通りに走ってやってきたキーリエフさんに詰め寄られた。

これはもう、避けるわけにはいかないよなぁ……。

諦めてキーリエフさんに付き合うか、と思っていたら、今度はドタドタという足音とともにドルムダさんもやって来た。

「おいおい、キーリエフ！　俺もいるんだ、俺にも話を聞かせろ！　あとアリトが作ったマジックバッグとかいう魔道具のこともな。話したいことは山ほどあるんだ！　そのためにわざわざここまで来たんだからな！」

ええと、話をすれば二人とも少しは落ち着いてくれるかな？

「はいはい、皆さん。とりあえず部屋で話されてはいかがでしょうか。アリトさんも今戻ってきたばかりです。一息入れてからお話されても遅くはありませんよ」

「あ、ありがとうございます、ゼラスさん」

キーリエフさんとドルムダさんと俺の間にすっと入ったゼラスさんが、さり気なく部屋のほうへと誘導してくれた。さすが本物の執事だ！

案内された応接室のソファにそれぞれが座り、ゼラスさんが淹れてくれたお茶を飲んで一息つく。

「ええと。何から話せばいいですか？　あと、お二人はオースト爺さんから俺のことをどこまで聞いていますか？」

「何からと言われても、何でも知りたいけどね、僕は。オーストからは君が『死の森』に落ちてきた『落ち人』であること、君のいた世界には魔法がないこと、そして魔法以外の手段で発展していることを、ざっと手紙で説明してもらったくらいかな」

「俺もだな。あとはお前さんが作ったマジックバッグや魔道具を検証してみたくらいだ。あの魔道具の発想がどこから来たのかが気になって仕方なくて、ここまで押しかけてきたんだからな」

オースト爺さんは、手紙で簡単に俺のことを説明したくらいなのだな。爺さんには電気とか機械のことも話したけど、手紙に書いて理解できることではないから伝えなかったのだろう。

オースト爺さんに聞かれて、資本主義や社会主義など、世界情勢も俺がわかる範囲で一通り答えたが、この二人は政治なんかよりも機械だよな。

「うーん。では、ざっくりと俺がいた世界のことをお話ししますね。オースト爺さんにも話したくらいの内容で。詳しく説明できないことも多いですよ」

「「ああ！　とりあえず話してくれ‼」」

おお、声が揃ったな！　外見は全然違うけれど、キラキラした目は一緒だ。ぶんぶん振られている尻尾が見える気がする。

つい、足元に座っているスノーと俺の脇にいるレラルを撫でてしまった。

それから夕食に呼ばれるまで、一通り向こうの世界のことを話した。主には魔素ではない元素という概念や、魔力ではなく電力で動く機械のことだ。

二人はどの話にも食いついてきて、質問攻めにされて困ったよ。俺は文系だったから、化学や物理なんて高校の基礎(きそ)レベルの知識も怪しいからな！

でも銃や爆弾などの兵器の話はしなかった。まあ、火薬の作り方なんて知らないから、聞かれても話せることはないがな。

ゲーリクさんの作った夕食は美味しかった。昨日と今朝一緒に料理しただけで、マヨネーズをアレンジしたソースをサラダに使っていたよ。

さらに色々な調理方法や味付けを教えたら、もっともっと美味しいご飯が食べられそうだ。テンションが上がるな！

食事の後も寝るまで、結局ずっと質問攻めにされていたが……。

今日も寝る前には、たっぷりスノーとレラルをもふもふして癒されることになりそうだ。スライムのミル、ウル、ラルを思う存分ぷにぷにするのもいいよな……。

そうだ、ガリードさんたちからの手紙も読んで返事を送らないと！

第二話　開発

昨日は日付が変わりそうになった頃にゼラスさんが止めてくれて、やっと二人から解放された。

今日もいつものように早朝に起きると、調理場に行ってゲーリクさんと朝食を作った。

朝から晩まで質問攻めは勘弁して欲しいので逃げ出そうと思っていたら、昨日の朝と同じ手には乗らないと言わんばかりに、キーリエフさんとドルムダさんが朝食ができ上がる頃に起きてきた。

「今朝もアリト君が作ってくれたのかい？　楽しみだよ！」

「アリト！　今日は俺と物作りの話をしようじゃないか！　俺に送ってきたもの以外にも色々作ったってオーストから聞いているんだぞ。それにカバンの改良の話もしたいしな！」

「おお、それはいいね！　僕もアリト君が作ったものなら見たい。朝食を食べた後にぜひ見せてくれないか！」

やっぱり今日はリナさんと約束してなくて良かった。これは一日中抜け出せそうにないな……。

午前中は手持ちのマジックバッグの改良版と、布団や結界用の魔力結晶などを見せた。

マジックバッグについては、ドルムダさんも自分で魔力結晶を使って改良したようだ。

ドルムダさんが改良したものを見せてもらい、自分のと比べながら様々な意見を交換し、その場でさらに改良した。その結果、空間拡張をする際の魔力結晶からの魔力移行がスムーズになり、さらに容量を増加することができたのだ。

これにはキーリエフさんも興奮していて、マジックバッグを作って広めたい、と言い出した。

俺の名前を出さなければいいかなと思って、それを条件に了承（りょうしょう）したよ。便利なものは、広がってこそだからな。

でも、興奮して議論しあう二人のあまりの熱に、このままのペースで進むのはまずいと思い、ある道具を作ることを提案した。

それは魔道具でもないし、便利道具の発明品でもない。遊具だ‼

この世界では生きることだけで精一杯（せいいっぱい）で余裕がないせいか、娯楽（ごらく）といえば貴族の間ですら少しの音楽とダンスくらいしかない。

庶民など、子供が駆（か）け回って遊ぶくらいだ。

運動して競（きそ）い合うスポーツもない。弓や馬術の競争などは場所によっては行われるらしいが、それはもちろん、生き残るために必要な技術だからだ。だから当然、ゲームという概念はない。

で、俺が何を作ろうとしているかというと。

「ほうほう。真四角の木の板に同じ間隔で線を書いてマス目（め）に区切ったヤツと、あとは木の板を同じ大きさに丸く切り抜いて片面だけ黒く塗（ぬ）ったものをいくつも作ればいいのか？」

そう、リバーシだ。簡単なルールだから、誰でもすぐに覚えられる。リバーシなら、一般庶民の人でも遊べると思うのだ。

とりあえず二人の興味を引くにはもってこいの品だしな！

「そうです。丸いほうは、区切ったマスの中に収まる大きさでお願いします。遊び方は単純ですが、奥が深いですよ。きっと気に入ると思います。とりあえずドルムダさんには見本を作ってもらってもいいですか？」

簡単そうで奥が深いリバーシには、キーリエフさんもしばらくハマると思うのだ。

「おうよ！　まかせておけ！」

「では僕が材料と作る場所を用意するよ！　異世界の遊戯か。とても興味深いな」

二人とも、わくわくキラキラな目をしている。

試作品ができた後、遊び方を教えれば少しの間はもつだろう。その間に、次にドルムダさんに作ってもらうものを考えようか。

二人が走って部屋を出ていくのを見送り、とりあえず昼前に話が終わったことに安堵した。

「お疲れ様でした、アリトさん。もうお二人のあしらい方を覚えましたね」

「アハハハハ……。ゼラスさん、どうにかなりませんか？　あの勢いだけでも」

「いやいや。あれは落ち着くまでは止まらなそうですよ。申し訳ありませんが、しばらくお付き合いください」

「ですよね……。ハァ。では気晴らしに昼食の準備でもしますね。皆さんの分も作っておきますので」

「おお、ありがとうございます。この間の食事も大変素晴らしく、美味しくいただきました。他の皆もとても驚いていましたよ」

「そう言っていただけるとうれしいです。では調理場にいますので」

「はい。あの二人が戻ってきましたらお知らせしますね」

ふう。とりあえずリバーシができ上がるまでは、少しは休めるかな……。でも、すぐ作って戻ってきそうな予感もするけど。まあいい、とりあえず昼食を作ろう。

調理場に向かい、早速ゲーリクさんに声を掛ける。

「ゲーリクさん。やっと少し解放されたので、昼食を一緒に作ってもいいですか？　とっておきの主食をお教えしますよ」

「主食だと？　よし、入れ」

「はい！」

とっておきの主食というのは、もちろん米だ！

昨日商人ギルドの直営店でラースラを買ってきたのは、この屋敷に米の良さを伝えて好きな時に食べられるようにしよう！　という思惑（おもわく）があったからだったりする。

皆が気に入ったらゼラスさんに頼んで、屋敷の食糧庫に買い込んでもらうつもりだ。今買わないと、次にラースラが販売されるのは来年になってしまうからな！

どうせ料理をするなら、米に合う和食がいいかな。キーリエフさんは好みそうな気がする。オースト爺さんも好きそうだしな。

エリダナで手に入る食材なら、ゼラスさんに言えば何でも揃うだろうし。せっかくだからこの屋敷に滞在している間、ゲーリクさんと様々な食材を試しながら和食の再現を目指してみよう。

このくらいの役得でもないと、あの二人のテンションについていける気がしないよ……。

「お前、それはラースラじゃないのか？　それはとてもじゃないが、固くて食べられないぞ？」

俺がカバンから取り出したラースラの大袋に、ゲーリクさんが眉をひそめる。

「いや、ゲーリクさん。ラースラにはきちんとした調理方法があるんですよ」

ニヤリと笑みを浮かべてそう言うと、ゲーリクさんの目がキラッと輝く。

それから俺は、ゲーリクさんに教えながら魔法で精米をした。

それを早くも戻って来たキーリエフさんにうっかり見られて、興味津々の彼にも精米魔法を教える羽目になった。

炊飯の仕方を教え、シオガを使った肉じゃがなど、ご飯に合うおかずも作る。

そして炊き上がったご飯とおかずを食べ、ゲーリクさんもキーリエフさんも米の虜になったのだった。

うん、予定通りだな！

ゼラスさんたちも気に入って、飼料という偏見を持たれずに、無事にラースラの買い出しをお願いできた。

「ついでに卵と乳など、一通り食材を届けてもらいます！」と、ゼラスさんが張り切って商人ギルドへ依頼しにいくというので、ついでにシオガが手に入らないか頼んでみた。この調子だと、シオガがなくなりそうだからな。

『アリト？　なんかニヤニヤしているよ？　何かいいことあったの？』

『いいことあったの？　アリト』

食後のお茶を飲みながら、思惑通りに事が運んでついニヤニヤしていたら、スノーとレラルに突っ込まれてしまった。

その日の午後には、俺が指定した通りにリバーシができ上がった。さすがドワーフ職人だ！　と唸るほどの出来栄えだ。駒もきっちりと同じサイズで仕上がり、綺麗に色も塗られている。

それからリバーシの遊び方を教え、皆でゲームをやりながら夕方まで過ごした。

「なんだそれは！　どうして一気に色が変わったんだ‼」

「ふふふふ。これは俺の世界でも世界大会があったほど、奥の深い遊びなんですよ」

「ほほーう。それはいいね。とても面白いよ、アリト君！　こんな遊びが他にもたくさんあるのだろう？　凄いな、君がいた世界は！」

ドルムダさんもキーリエフさんも、上機嫌で夢中になって遊んでいた。もちろん興味を引くために、俺が最初にとことん遠慮なく勝たせてもらったがな。

「おお、本当ですね。これは相手の出方を予測しつつ、その場その場で考えて対応しないといけない遊戯なんですな」

ゼラスさんも加わって三人で何度もゲームを繰(く)り返していたが、結局負け続けたドルムダさんは追加でリバーシを作ると言って立ち去り、キーリエフさんとゼラスさんが対戦をしていた。

売りに出す時には盤やコマに彫刻(ちょうこく)を入れたり、盤を厚(あつ)くして足をつけたりと、様々に工夫できることを伝えておいたぞ。富裕層(ふゆうそう)が遊ぶなら、装飾(そうしょく)があったほうがいいだろうからな。

その日は夕食後も、遅くまで皆でリバーシを囲むことになったが、昨日より大分楽だったよ。

ただ、わずか半日遊んだだけで、俺はキーリエフさんやゼラスさんに負けるようになったけれどな！　どうせ子供時代にもリバーシで遊ぶ相手なんていなかったよ。くっ！

本当は戦略が複雑なチェスのほうが、キーリエフさんやゼラスさんは楽しめるのだと思う。でも、俺はあんまりチェスに詳しくないんだ。将棋なら祖父とやっていたのだが。

ああ、将棋は将棋でも、駒をチェスの駒の形や名前にすればいいのか？

なんて、つい対戦を見ながら無意識にボソッと呟いたら、ハイ・エルフのキーリエフさんの高性能な耳に捕らえられて説明しろと詰め寄られてしまった。

もっと複雑な動きをする盤面の遊戯があると言っただけで目の色が変わっていたから、ざっくりこんな感じだと説明しておいたよ。

駒の役割は言葉だけだと伝わらないし、絵よりも見本を見せたほうが早いかと思い、適当に作った。

でも、駒は役割さえ決まっていればモチーフは何でもいい。魔物や魔獣にしてもいいし、それぞれの種族の人の駒でもいいかも？

そんなことを言ったら、ドルムダさんが俄然張り切っていた。明日は将棋もどきの製作だな。

他の遊戯だと、何が作れるだろう。トランプは、この世界ではまだ厚い紙がないから難しいよな？　木の板だと、重くて持ちにくいと思うし……。

年甲斐もなくはしゃいで遊んでいる皆を見て、娯楽を普及させるのはいいかもしれない、と思った。まあ、俺が遊んだ記憶はほぼないからうろ覚えだけどな！

次の日はドルムダさんが将棋もどきを製作している間に、これまでキーリエフさんが発明したものを見るべく、ゼラスさんとこの屋敷の奥に建っている工房を見学させてもらった。

布を織る機織り機や糸を紡ぐ魔道具、俺も持っている魔道コンロの進化版、水をお湯に変える魔道具や時間を測る魔道具など、様々な物があった。形や性能は、地球にあった機械とはまったく違うので見ていて楽しい。

ちなみに、最初に街を案内してもらう時に乗った馬車にも、キーリエフさんが開発した魔道具が使われていた。あれはサスペンションではなく、馬車の本体にかかる振動を分散するような魔法を仕込んだ魔道具を、車軸に取り付けていたらしい。

今まで手探りでやっていた、魔力結晶を魔道具に取り付ける加工法を、後でキーリエフさんに教えてもらう約束もしたぞ。

俺は今まで日本で学んだ知識を使い、イメージを固めて魔力操作して魔力結晶に効果を持たせ、適当に魔道具を作っていたから助かるな。

結界用の魔力結晶も、ドルムダさんやキーリエフさんと一緒に後で作り直そうと話をしている。今のまま改良するよりも、最初から作り直したほうが効率のいい魔道具になりそうだ。

でも、本当にキーリエフさんは凄い人だったんだな。キーリエフさんの力だけで、ここエリダナは、今まで旅してきたどの街よりも圧倒的に技術が進んでいるのだから。

これから何を話して、どんなものを一緒に作ってみようか？　と考えると、わくわくしてくる。

俺の希望としては、ドルムダさんには泡立て器や調理器具なども作ってもらいたい。

泡立て器があればマヨネーズも楽に作れるし、ケーキ類も作れるようになる。どんどん夢が広がっていくな。

キーリエフさんとドルムダさんのわくわくキラキラの目につられて、俺もわくわくドキドキする日々を送れそうだ。

◆◆◆

「おお、凄い！　使いやすいです！」

「おう、そうだろう、そうだろう。俺の仕事は完璧だからな！」

シャカシャカシャカ。

調理場に響くのは、泡立て器で卵を泡立てる音だ。

将棋もどきの製作は、駒が小さく複雑なので、完成するまで何日かかかるかと思っていたが、ドルムダさんはその日の夜には完成させた。

駒は魔獣だったぞ。ドルムダさんはとりあえずで作ったから雑だ、と言っていたけれど、素晴らしい出来だった。

もちろん、俺用にも魔獣の将棋もどきの製作をお願いしたよ。

その時に調理器具の絵も渡して一緒に頼んだのだが、今日、ついに泡立て器が完成した！

どう使うかを説明したら、次の日には完璧な泡立て器ができ上がっているなんて、ドワーフ、半端ないな！

この世界では剣や鎧、金属の道具などは基本的に鉄で作られている。

まあミスリルなんて魔法鉱石もあるが、非常にレアなため、ほとんど流通していないのが現状だ。

それなのに、ちらっと「鉄と他の鉱物を混ぜると、鉄よりも強度が上がったり加工しやすいものになったりするんですよ」と言っただけで、この見た目さえも完璧な泡立て器が仕上がってくるとは‼

鉄鉱石を精錬する、いわゆる製鉄の過程は、元々ドワーフの間でも様々な研究が重ねられていて、ある程度は完成されていたらしい。

「泡立て器は曲げ伸ばしに強い合金でできていました」と言ったら詰め寄られたので、合金の知識を記憶の奥底から引っ張り出す羽目(はめ)になった。まぁ、詳しいことはわからないので、ひどく中途半端(ちゅうとはんぱ)な情報しか伝えられなかったけれど。

地球とこの世界では物質の構成要素が違うっていうのにな。凄すぎだろう、ドワーフ！

「これならスフレオムレツや、ケーキとかも作れそうですよ！　とりあえず、ふわふわのスフレオムレツを昼食に作りますね！」

「おう！　なんか聞いただけで美味そうだな！　楽しみにしているぜ。他にも作って欲しい調理器具があるって言っていたよな？」

「ええ。次はこういう形で、野菜をすり下ろすものをお願いします。あとスライサーという、薄く野菜を切る道具も欲しいです」

昨日は泡立て器の他に、揚(あ)げ物用に中華鍋も頼んだ。泡立て器と一緒に完成品を渡されたから、揚げ物を作るのもいいかもな。

とりあえず次はすり下ろし器とスライサー、そして他にもお玉とかフライ返しとか、細かい道具までざっと図を描(えが)いて説明し、一式頼んでみた。あとは蒸(む)し器もだな。

これらが完成すれば、料理の幅(はば)が広がる。

卵を泡立てている俺の隣(となり)で、目を輝かせているゲーリクさんの分も頼んであるぞ。調理道具を使ってみて売れそうなら、どんどん売り出して調理方法も広めてくださいと言ってあるのだ。

それからふわふわスフレオムレツを、ゲーリクさんと一緒に作った。

卵が貴重なだけに、この屋敷でも卵料理はほとんど作られていなかったそうで、卵白だけ泡立てていたら、ゲーリクさんは目を丸くしていた。

スフレオムレツには卵黄も使うけど、卵白だけで作るお菓子もあると言ったら、驚きながらも興味深そうにしていたな。

つい言ってしまったケーキにも突っ込まれたから、今度一緒に作ることになった。バターがないので、パンケーキくらいしか作れないけど。

俺は、祖母が村の婦人会で覚えてきたお菓子しか一緒に作ったことがないので、そんなにレパートリーがあるわけではない。

当時はお菓子なんて今後作る機会はあるのかとか思ったが、知識はいつ役立つかわからないものだよな。

「バターがあれば、もっと色々なお菓子も、料理も作れるんだけど」

「バター？　バターとはどんなものなんだ‼」

またつい口に出していた言葉に、ゲーリクさんが凄い勢いで食いついてきた。

「あー、乳で作るものです。この間、ムームンを使いましたよね？　あれはムーダの乳から作られたものなのですが、バターはあれとは別に、乳を攪拌して作ります。おおまかに言うと、バターは乳から脂肪分を取り出して作るんです」

厳密にはちょっと違うと思うが、確かそんな感じだったはずだ。

一時期、日本でバター不足が騒がれた時、テレビで見たことがある。生クリームをペットボトルに入れて振るだけでできるのかと、見ていて驚いたものだ。

生クリームを作るのは難しいかもしれないけれど、乳脂肪分の多い乳を魔法で加工すれば、きっと何とかなるだろう。

「そ、そのバターっていうのは、ムームンみたいなものなのか？」

「うーん、ちょっと違いますね。それ単体では食べないで、調味料として使うんです。パンに塗って食べても美味しいですが。乳からは様々なものを作れるんですよ。この街の近くで、乳を採れる獣を飼育している村はありますか？」

「あるぞ。ムーダではなかったと思うが」

「では、新鮮な乳が手に入ったらちょっと作ってみますか。ドルムダさん、追加で作ってもらいたいものがあるのですが」

ここまで来たら、ちょっと贅沢な望みも叶えてしまおうかな！　使い方を知っている調理器具を全部作ってもらおう！

その後、昼食に出したふわふわスフレオムレツは大好評だった。みんな陶然として食べていたな。

食後にゼラスさんが新鮮な乳と卵を取り寄せると言ってくれたから、それらの食材を使う前に俺がやっている殺菌の浄化魔法をゲーリクさんに教えた。

そうしたらキーリエフさんにも大騒ぎされ、その後は浄化魔法の活用法の説明会になったよ……。

そんな騒がしい日々を送りながら、キーリエフさんからはこの国の歴史やハイ・エルフのこと、霊山や森のことなどを教えてもらった。

「では、やはり霊山では『落ち人』が発見されたという記録はないんですか？」

「いいや。オーストからアリト君のことを聞いて、僕も王都に問い合わせたり、霊山に住んでいた仲間に聞いて回ってみたりしたんだがね。かなり昔になるけど、発見されたことはあるらしいよ」

その言葉にドクンと高鳴る鼓動を感じながら、落ち着こうと深呼吸をする。

「その人は落ちて来た時に保護されたということですか？」

思い出したのはミランの森で読んだ、倉持匠さんが残した書物の内容だ。

世界を越える時のあの痛みを伴う身体の変換で、無事に五体満足で落ちてくることは、ほぼないという。

「……この東の辺境地である霊山と麓の森はね、ちょっと他の辺境地と比べると特殊なんだ。僕たちエルフの起源が霊山だってことは、オーストに聞いたかい？」

「はい。この世界の説明をしてもらった時に聞きました。霊山から、エルフや妖精族や精霊族が生まれた、と」

「そう。他の辺境地にも特殊な種族が生まれたりはしたけれど、せいぜい一種族。でも、この霊山は複数の種族の起源なんだ。もちろん、遥か昔の話だよ。だから霊山には多くの種族が暮らしていたんだ……今も暮らしている種族はいるし、僕の古い友人も隠居しているんだけれどね。でも、霊山の魔力濃度はとても高くて、エルフでさえ、その環境に耐えられる人は今では少なくなっているんだよ」

もしかして、魔力濃度の高すぎる地では身体に悪影響が出るのか？　いや、もしそれが証明されていたら、オースト爺さんは俺に教えてくれているはずだ。

でも、エルフは霊山を起源とする種族なのに耐えられないって……。

ああ、リナさんがハイ・エルフの方々と自分たちのようなエルフは違うと言っていたのは、こういうことか。

エルフの原初に近いのがハイ・エルフで、霊山の麓の森から離れて生まれたのが、今のエルフ。だから、霊山に立ち入れるのはハイ・エルフのみってことなのだな。

混血でなくても、長い年月を経ると、住む場所に応じて種族特性が変化していくのだろうか。元は同じ種族でも特性が多様化して、そこから様々な種族に分かれていったのかもしれないな。

今霊山で暮らしているのは、ほぼ姿を現さないという精霊族や、ごく一部のエルフと妖精族のみだそうだ。

「……この説明で、僕たちと今の街で暮らすエルフとの違いがわかったようだね。君と話していると楽しいよ。多分オーストもそうだったんだろうね」

「俺はこう見えて、前の世界と合わせたらもう三十歳を過ぎていますから。俺の世界の平均寿命は八十ちょいでしたので、結構いい年なんですよ」

今の姿で過ごすようになって、周囲から子供と扱われることが多いから、身体に精神も引きずられている感はあるが。まあ、この世界の知識が子供並みなのだから仕方ない。

「ふふふ。三十なんて、エルフの私にとっては赤ん坊みたいなものだよ。まあ、人の生はこの世界でも短い。出会ってからあっという間に、愛する人を見つけて子供に血を繋ぎ、そして気づけばいなくなってしまう。だから私には、人の生が眩しいんだよ。……その眩しさに惹かれて、山の奥から出てきてしまったのだろうね」

本で読んだ知識によれば、最も長寿な種族は精霊族と、ハイ・エルフだ。ドワーフ族も人族に比べれば何倍も長命だが、ハイ・エルフよりは遥かに短い。

ああ。永い年月を生きるとは、どういうことなのだろうか。到底、俺には想像もつかない。

……だから俺は、『落ち人』である自分の身体が成長しないこと——つまりは人よりも遥かに寿命が長いかもしれないことに不安を覚え、旅に出たのだろう。想像もつかないから、終わりを知るために。

でも、この人やオースト爺さんはそんな途方もない年月を、ずっと生きてきたのだ。

「すまない、ちょっと感傷的になってしまったよ。ああ、そうそう、『落ち人』の話だったね。霊山と麓の森には昔は住んでいた人が多かったから、『落ち人』が落ちてきたらしい形跡を見つけることも何度かはあったし、実際に保護したこともあったらしいよ。でも、何せ僕にとっても昔の話だからね。さすがに当時を覚えている人はいなかったよ」

形跡を見つける、か……。

オースト爺さんに助けられた俺の場合は特例で、それこそ倉持匠さんが一人で生きて『死の森』を出られたことは本当に奇跡だったに違いない。……そんなのは何の慰めにもならなかっただろうがな。

「そうなのですか……。では、もう今は住んでいる人が少ないので、たとえ『落ち人』が落ちてきたとしても発見する人もいない、というわけですね」

「……『落ち人』の落ちてくる場所については、オーストから説明を聞いたよね？」

「はい。魔力濃度の高い辺境地に落ちてくると。ただ、落ちてくる場所は決まっていない、とも言っていました」

「そうだね。なぜ魔力濃度の高い場所に落ちてくるのかはわかっていないが、魔力濃度の高い場所がなぜできるのかは、実は研究されているんだよ」

「……ああ、つまり、なぜ魔力濃度の高い辺境地が存在するのか、そして、なぜ他の辺境地と違って『死の森』だけ大陸内部にあるのか、ですね」

オースト爺さんが荷物に入れてくれた地図を見た時から気になっていた。

魔力濃度が高すぎる辺境地と呼ばれている土地は、この大陸では東端にある霊山を含む森、そして西端と北端にある森と、大陸内部にある『死の森』だ。

何らかの原因で大陸の端の魔力濃度が高まるのだとしたら、なぜ『死の森』は大陸内部にあるにもかかわらず、魔力濃度が高いのか。

ドラゴンがいる火山地帯があるから？　確かに原因の一つかもしれないが、それだけで説明がつくのだろうか。

「さすがだね。そう、その魔力濃度の高い土地がなぜあるのか、という研究をしているのが、オーストなんだよ」

「えっ？　あ、あれ？　オースト爺さんは植物が専門だって言っていましたけど」

そういえばリアーナさんが書いて渡してくれたオースト爺さんの研究についての手紙を、まだ読んでいなかった。リアーナさんは、魔力濃度と魔物と魔獣の関係とか言っていたような？

「ふふふ。まあ確かにそれも研究の一部ではあるんだけれどね。実際にオーストが植物の研究をして、製薬を大分発展させたから。今は森や山に入らないとあまり魔物を見かけないが、昔はそうではなかったんだよ。そう、僕とオーストの若い頃のことだから、どれくらい前になるのか。その頃は今よりもずっと森も深く、開けた土地も少なかったから、魔力濃度の高い場所が多かったんだ。だから今よりもずっと魔物や魔獣が多かったし、森の奥から魔物が溢(あふ)れ出たりしていたんだよ」

え？　魔物が森から溢れ出るって、いわゆるスタンピードってヤツか？

「なぜ土地の魔力濃度が違うのか。なぜ魔力濃度が高くなるのか。そして高くなった魔力濃度を低くすることはできないのか。土地の魔力を減(へ)らすことができれば、魔物が溢れ出ることはなくなるだろうと考えて、オーストは研究を始めたんだ」

「その研究の過程に、植物の研究もあるのですね？」

「やっぱり君は察しがいいね。そうだよ。辺境地に生(は)える濃(こ)い魔力を含む植物に目をつけたのが始まりだ。オーストは研究を開始すると空を飛ぶ魔獣と契約して、この大陸中を飛び回ってあらゆる土地を調べた。そんな時にふと気づいたそうだよ。魔物が溢れ出た後は、その場所の魔力濃度が下がっていることに」

ということは、魔物が溢れ出すのは魔力が高まりすぎたからだ、と推測できる。

そこで薬草に目をつけたわけか。『死の森』の薬草と普通の森の薬草とでは、含まれる魔力濃度にかなりの差があったからな。つまり、薬草はその土地の魔力を吸収して育つのだろう。

「もしかして魔物と薬草で、土地の魔力濃度を調整することができた、なんてことだったりします？」

「おお、さすがだね！　そうだよ。オーストはその可能性に気がついて研究し、実施したんだ」

　研究して実施？　すでに検証して、本格的に魔力濃度を調整しているってことか！

　俺を発見した場所に案内してくれた日、オースト爺さんは言っていた。

『儂がアリトを見つけた場所はここじゃよ。発見した時、すぐに周囲の魔力濃度を感知してみたが、この場所だけ局地的にかなりの濃度を感じ取った。だが、それだけだったんじゃ。その高濃度の魔力は、時間とともに消えていっての。今ではこの通り何もないし、他の場所と何も変わらん。だから、アリトが落ちてきた時、この場所だけ局地的に魔力濃度が高まった理由は何もわからんし、なぜここだったのかもわからん。すまんの。何か残っていれば、お前さんのような「落ち人」の手掛かりになったかもしれんのじゃが……』

　そう言ってオースト爺さんは俺に頭を下げた。

　あの時俺は、そんなの謝るようなことじゃないだろうって必死で言ったっけな。

　俺は、なぜオースト爺さんがあんな顔をしたのかわからなかった。

　でも今なら、オースト爺さんが悔しそうにしていた理由がわかる。

土地の魔力濃度が高くなるせいで犠牲になる人を、救いたかったからだ。そこでリアーナさんが言っていた、魔力濃度と魔物と魔獣の関係に繋がるのだろう。

「……僕たちが生まれた頃は、今よりもずっと魔物や魔獣が身近だったからね。あの頃は僕たちも若かったから、どうにかしようと必死だったんだ」

今ではハイ・エルフと呼ばれているこの人たちが、霊山や森にちらばっていた小さな集落をまとめて国を作り、答えを求めて森の外へ、さらには大陸中へと飛び出した。研究を重ねるために。

オースト爺さん、そしてリアーナさんもキーリエフさんも、きっと手段は違っても求めている答えは同じに違いない。

「では、オースト爺さんが『死の森』にいるのも、研究のためだったのですね」

「ああ、そうだよ。……最初はね。オーストは力をつけて大陸中を回って、魔物や魔獣を倒して回ったりもしたんだよ。でもね。魔物や魔獣は魔力濃度が高い場所があれば、いくら倒したってまた生まれてくる。だから次に、魔力濃度が高い場所はなぜ存在しているのか？　と考えた」

言葉で「永い年月を生きてきた」と言われても、ハイ・エルフ様と言ったリナさんの瞳に浮かぶ憧憬を見ても、俺はオースト爺さんのことを上辺でしかわかっていなかったのだ。

今キーリエフさんが語ってくれているのは、オースト爺さんの辿ってきた道のりであり、キーリエフさんの道のりであり、そしてこの世界の歴史でもあるのだろう。

「でも、そうして追究していくとね。結局は、どうやって魔素は発生しているのかという、答えを得ることができるかもわからない問題にぶつかる。だから土地の魔力濃度を変化させることができるか実験するために、濃い魔力を内包できる植物を探し出し、魔力の高い土地へ植えた。そうしたらどうなったと思う？　溢れ出る寸前だった魔力が緩和されたんだ」

今語られている一つ一つの研究結果を得るまでに、どれほどの時間と苦労があったのだろう。俺の一生分の時間なんて、あっという間に使い果たすのかもしれない。

「その結果を受けて、僕たちは仮説を立てた。世界に存在する魔素の量は一定で、循環しているのではないか、と。その仮説を元に、生まれる魔物や魔獣をコントロールできないかと考えたんだ」

土地に植物を植えることで土の魔力を減らし、魔獣の数で世界の魔素を調整するってことか。

「……だから、オースト爺さんにはあんなにも上級魔獣の従魔がいるんですね。今でも大陸中を巡りながら監視し、契約も含めて数の調整を続けている、というわけですか」

本能のまま人を襲う多数の下級魔物よりも、知性のある上級魔獣一匹のほうが、話ができる分、まだ危険は少ないのかもしれない。

オースト爺さんは、大陸中、どこに行っても自分の名前はハッタリがきくと言っていた。それは、今でもオースティント・エルグラードの名を知らない人はいないということだ。

オースト爺さんがやったことは、人間だったら代々受け継がれて世代を追うごとに完成に近づいていくような偉業だ。そんな途方もない年月をオースト爺さんはずっと追い続け、その肩に大陸中の全ての人々の生活を負い続けてきたのだろう。それは、どれほど重かったことか。

今、魔物が森から溢れることもなく、街道をほとんど危険なく行き来できるのは、オースト爺さんとキーリエフさん、そしてリアーナさんの三人が努力した結果に違いない。

ぞくっと背筋を駆け上がったのは、俺の溢れ出た感情だろうか。

俺は、この世界に『落ちた』ことを運がいいとは言いたくないが、オースト爺さんに出会えて幸せだ。

オースト爺さんのことは、本当に心から尊敬している。その背中が、大きく、とてつもなく大きく感じるのだ。

「……オーストが羨ましいな。君にそんな瞳をさせるほど想われているなんて」

今の俺の瞳に宿っているのは、遥か先を行く人の背を想う憧憬の念なのかもしれない。

「ありがとうございます。話してくださって」

「いいや。お礼を言わないといけないのは僕たちのほうだよ。アリト君のいた世界は、この世界よりも技術的に随分進んでいるのだろう？　そこから、この世界に役立つ知識を選んで話してくれている。僕たちとは違う視点で、この世界にはまだまだ可能性が秘められていることを教えてくれたんだ」

「そんなことを考えて知識を選んでいるわけじゃありません。……この世界には魔法があります。魔法と俺の世界の知識は、良くも悪くも作用してしまうかもしれない。俺が全てを話さないのは、その責任を負う覚悟がないだけですよ」

　自分の肩に、背に、世界の行く末を載せられるほどの器など俺にはない。

　ただ自分が話したことで、悪い変化を起こしてしまうことに怯えているだけなのだから。

「それでも、だ。力は使う人次第だよ。ただ、知識は持っていれば、採れる選択肢が増えるということだ。アリト君が教えてくれたあのリバーシも将棋も、遊戯と受け取るか、軍事戦略の訓練と捉えるかは、考え方次第だろう？」

　この世界で国同士の大規模な争いはない。山や川、森で国境を引いているが、魔物の脅威があるために元々人が住める土地のほうが少なく、領土を広げようとしても労力に見合わないのだ。

　それでも歴史を遡れば、まったくなかったわけではない。キーリエフさんが将棋をやって気がつかないはずがなかったな。

「そうですね。でも戦闘手段としていかようにも使える魔法があるこの世界に、俺の世界の武器の知識を伝えるつもりはないです」

「ああ。そうやって君がちゃんと選り分けて伝えてくれていることはわかっているよ。それでいいんだ。アリト君の世界の技術を全部取り入れようとは僕も思っていない。新しいものは大好きだけどね？　まあ、美味しい料理はいくらでも食べたいかな。そうだろう？」

茶目っ気のある笑みを浮かべるキーリエフさんを見て、少し肩の力が抜けた。

「ええ。美味しいものを食べると、それだけで幸せになれますよね」

俺なんて、のんびり暮らせたら幸せなのだ。あとは、どうせなら美味しいものが食べたいし、もふもふと一緒に暮らしたい。それだけだ。

「ふふふ。本当にそうだね。アリト君の料理には、毎回僕も年甲斐もなくはしゃいでしまっているからね。美味しいものを食べられて幸せだって、しみじみ思ったよ」

その後もキーリエフさんと話をして、霊山のことを聞いた。今は霊山周辺で『落ち人』が発見されたという報告はなく、そこに住んでいる種族の集落の場所は、キーリエフさんでも把握していないそうだ。

オースト爺さんが俺に謝ったのは、魔力濃度を操作して辺境のような場所をなくせば、『落ち人』が落ちてこなくなると思ったからかもしれない。

でも、実際に落ちてきた俺の感想だと、そういうこの世界の規定とは、違う次元の現象のように思う。

まあ、落ちた地点に魔物がわんさかいるっていうのは、勘弁して欲しいけどな。

世界のあり方について「なぜ？」と問いかけ続けてきたオースト爺さんなら、答えがない問いだと理解してはいるのかもしれない。

でも、やはり理性と感情は別物で、それだけ俺に情をかけてくれていると思うと、うれしさが込み上げてくる。

「……なんか、風呂に入ってゆっくりしたい気分だな」

図書館で調べても、この大陸のどの国にも風呂の文化はなかった。浄化の魔法で汚れを落とせば必要ないからだろう。

でも、風呂は身体を清潔に保つだけでなく、疲れも取れるし気分もリラックスできる素晴らしいものだ。まさしく今、風呂に入って一息つきたい気分だし。

「なんだい、その風呂というのは。どんなものなんだい？」

「大きな湯船にお湯を満たして、全身浸かって身体を温めるんです。前の世界に魔法はありませんでしたから、身体をキレイにするためにも、毎日風呂に入る習慣があったんですよ」

「ほほー。でも今はアリト君も浄化を使えるよね？　しかもかなり器用に使い分けている。どうして今、入りたいと思ったんだい？」

「お風呂に入るのは気持ちがいいものなのですよ？　お湯の中にのんびり入ると、身体の芯から温まり、余計な力が抜けて疲れが取れるんです」

　言葉で説明するのは難しいな……。温泉でも湧いていれば良かったのに。旅の間に温泉は見かけなかったしな。

「それはいいね！　水場には魔物がいるので、僕たちはそこを利用しようとは思わない。それに、水は井戸を掘るか魔法で出すかだから、身体が浸かれるほどのお湯を使うなんて考えたことがなかったよ。暑い時に水浴びをする人はいるけどね。……よし！　その風呂というものを作ってみようじゃないか！　僕は毎日魔法でお湯を出したって、負担になんてならないからね！　そのお風呂っていうものを、ぜひ体験してみたいよ！」

「え？　まあドルムダさんなら、すぐ浴槽も作ってくれそうですけど。……排水はどうしよう？　魔法で消せばいいのか？　ああ、水に浄化を掛けて沸かせば、排水する必要もないか」

　よし、久しぶりにお風呂にゆっくり入りたいし。キーリエフさんもこう言ってくれているんだ。作ってしまおう！

「わかりました！　では床が濡れても大丈夫な部屋に作るか、外に風呂用の小屋を作りましょうか！」

「おお、いいね！　やろう！」

　どうせなら大きい風呂にしよう！　『死の森』でも作れば良かったな……。そこまで考える余裕がなかったってことだけど。

今度オースト爺さんに会いに『死の森』へ戻ったら、ゆっくりくつろげるような風呂を作ろう。今回はその予行演習だ！

◆◆◆

キーリエフさんの屋敷の敷地はかなり広く、大きな屋敷の他に、研究所と工房が建っている。

屋敷はコの字形になっているのだが、その裏に露天風呂と脱衣所だけの小屋を建てることになった。

木の浴槽でもいいが、水をずっと入れていると劣化が速いだろうから、浴槽は土魔法で地面を掘って作ることにした。

掘った場所に石を敷き詰め、周りにも石を置く。石と石の間は土を詰め、魔力で粒子の密度を高めて水漏れしないようにした。

さすがに個々の性質を変化させるほどの魔力干渉は無理だが、これくらいなら加工できる。

張り切ったキーリエフさんとドルムダさんによって、あっという間に風呂は完成した。

脱衣所の小屋も、図に書いて説明すると、みるみるうちに建てられていく。

土魔法で土台を組んで柱を建てて土で固め、小屋の骨組みを造る。それから板を壁にはめ込み、屋根を造れば完成だ。

組み立ても釘（くぎ）は使わず、はめ込んで魔法で材質を変化させてくっつけたから、あっという間だった。

最後の仕上げとして、風呂の屋根と、女性も入るだろうから風呂部分の目隠しを作ったぞ。あとは服を入れる籠（かご）を棚に置けば完成だ！

「これで完成かい、アリト君！　だったら入ろう！　さあ早く！」

「キ、キーリエフさんっ！　お湯をまだ入れていませんよっ！」

「ああ、大丈夫だよ。僕がすぐに入れるから！」

そう言ってパパッと脱（ぬ）いで裸になると、キーリエフさんは露天風呂のほうへ走っていってしまった。

「おらおら、アリト！　お前もさっさと脱げ！　先行くぞ」

俺が呆然としている間に、もう服を脱いでいたドルムダさんも続いて出ていった。

大きい風呂といったら裸の付き合いになるのに、心構えができてなかったな……。

今までこの世界に来てから、他人の裸なんて見たことがなかった。

別に身体構造が違うとまでは思っていないけど、エルフとか、ドワーフとかは？　という好奇心はあった。

まあ普通だったけどさ。キーリエフさんは綺麗に引き締まった細身の身体で、ドルムダさんはまあ想像通り、毛が濃くてわしゃわしゃとした太い腕が見事だった。

それに比べると、俺は筋肉が足りない気がするな。

はあ……と一つため息をつき、色々と諦めて服を脱いで風呂へと向かった。

つい、タオル代わりに使っている布を持ってしまったのは、日本人としては仕方ないよな。

「お、来たね。お湯はこのくらいでいいのかい？」

「凄い、もうお湯が！」

行ってみると、すでに露天風呂は湯で満たされて、白い湯けむりが立っていた。

「水魔法は得意でね。お湯にする時、ちょっと火の調節が面倒だけど。温度はこんなものかい？」

しゃがんで湯に手を入れてみると、丁度いい湯加減だった。四十二度くらいだろうか？

「はい、いい感じです。入っているうちに温くなったら、また熱くしましょうか。じゃあ浄化で身体をキレイにしてから入りましょう。いきなり湯に浸かると身体がビックリするので、お湯を足の先から上へと順に、ゆっくりと掛けてから入ってくださいね」

浄化があるので洗い場は作らなかった。でも血管がいきなり広がって倒れたら大変だから、掛け湯の習慣だけは教えておこう。

あらかじめ用意しておいた掛け湯用の桶で湯を汲み、ゆっくりと掛けていく。排水溝は作ってないが、屋外だし、掛け湯のお湯くらいなら流れてもいいよな。

キーリエフさんもドルムダさんも浄化で汚れを落としてから掛け湯をすると、ゆっくりと湯に入っていった。

「おお、これは……。ふう。なんだか吐息が出ちゃうね」

「おう……。なんだ湯に浸かったら、身体から力が抜けたぞ」

「ふう。そうでしょう、気持ちいいですよね」

座って肩くらいまでの浴槽にしたので、石に寄りかかって座り、足を伸ばした。

本当に気持ちがいい。やっぱり風呂はいいよな。自分が住む家には、絶対にお風呂を作ろう。

「身体がじんわりと温かくなってきたね。これは確かに気持ちがいいよ。解放感がある」

「おう。こりゃあいいな！　毎日入りたいってのもわかるぜ」

よかった。風呂の良さは、異世界でも通じるんだな！

「そうだね。お湯にするくらいなら、ゼラスにもできるだろう。皆にも勧めておくよ」

「ゼラスさんも皆さんも、楽しみにしているみたいですよ。時間を決めるかお湯にする時にゼラスさんに声を掛ければ、火魔法の調整が苦手な人でも関係なく入れますね」

「それがいいね。ああ、本当に気持ちいいよ」

露天風呂は男が三人並んで足を伸ばしても、まだ余裕がある。

まったりと湯に浸かりながら立ち上る湯気（ゆげ）を見ていると、全身の力が抜けて、頭の中が空（から）っぽになっていった。

さっき服を脱いでいる時に、ズボンの丈（たけ）が少し短くなっていることに気がついた。ずっと成長が止まっているのでは、と思っていたのに、旅の間に少しだけ背が伸びたのだろう。髪も、わずかだが長くなっている。

かなりゆっくりな変化だが、ほんの少しずつでも俺の身体はちゃんと成長していた。

俺は普通の人と違うことを恐れていたが、この世界では「違い」は当たり前のことだ。たくさんの種族がいて、その間で混血が起こり、様々な容姿や能力を持つ人がいる。

オースト爺さんたちのことを思えば、俺はハイ・エルフほど長生きなわけではなく、見送られる側だろう。

ふと、『死の森』で今も世界の研究をし続けているだろう、オースト爺さんの顔が思い浮かぶ。

……いや。今戻ったとして、俺は『落ち人』のことに踏ん切りがつけられるのか？　倉持匠さんからのメッセージも受け取ったのに？

「アリト君？」

キーリエフさんに声を掛けられ、はっとする。

「あ、ああ。すみません。あまりにも気持ちがいいから、ぼうっとしていました」

「ああ、湯に浸かることが、こんなにもいいものだとは思ってもみなかったよ」

「お風呂に入ると血行が良くなるので、明日の朝は身体が軽く感じられると思いますよ。でも、あまり長湯をすると逆に湯疲れしてしまいますから、そろそろ上がりましょうか。風呂に慣れてきて長湯したいと思ったら、一度湯から上がって身体を冷ました後、もう一度入るといいですよ」

「ほほー、そりゃあいいな！　ここにいる間は俺も風呂を堪能するぜ！」

「なるほど。あまり長湯するのも身体に良くないということだね？　では、名残惜しいけれど上がろうか」

「はい」

湯から上がって身体を拭き、温風をイメージした魔法で髪を乾かした。これは火と風の魔法の混合ではなく、最初から温風を出すイメージだ。

風魔法はかなり上達して、どんな風でもすぐに出せるようになった。アディーに扱かれているからな……。

のんびりと休みながら水分を取り、久しぶりに風呂上がりの気だるさをしみじみと味わった。

◆　◆　◆

風呂に入った次の日は、爽快な気分で目が覚めた。やっぱり風呂はいい！

上機嫌でスノーとレラルを朝からもふもふして、朝食を作りに調理場へ向かう。

準備を始めていたゲーリクさんに挨拶をした。

「おお、おはよう。あの風呂ってヤツはいいな。お湯に浸かるなんて初めてだったが、ナンサも気持ちいいと大騒ぎだったぞ。朝起きた時に身体がいつもより軽い感じがしたな」

ゲーリクさんの奥さんであるナンサさんは、落ち着いていて、いかにもメイド長！　という感じのどこか貫禄がある人だから、大騒ぎしただなんて想像もつかないな。

「浄化で水をキレイにして温めれば毎日入れますよ」

殺菌作用のある浄化魔法を使ってから入るように説明してあるし、たまに水を替えれば衛生的にも問題ないだろう。

「おお。仕事が終わった後の楽しみが増えたよ。ありがとうな」

「いえ。俺も久しぶりに風呂に入れて満足です。朝の目覚めも爽快でしたし。気分がいいので今朝は残った卵と乳でフレンチトーストを作りますね！　そろそろゼラスさんが手配してくれた卵と乳も届くでしょうし」

「ん？　フレンチトースト？　それはどんなものだ？」

「じゃあ一緒に作りましょう。簡単ですが、美味しいですよ」

俺のフレンチトーストは簡単レシピだ。初めにパンをスライスしてフライパンで温めておく。それを卵と乳と砂糖を混ぜた液に浸け、吸いきれなかった卵も一緒にフライパンで焼いてしまうのだ。

「……これだけ、か？」

「そうですよ？　卵と乳が手に入りにくいから思いつかないのでしょうね。こうすると、固くなったパンも食べやすいです。フライパンで焼くこともありませんでしたか？　パンを小さく切って、フライパンでカラカラになるまで焼いたものをスープに入れたりしても美味しいですよ。ひと手間で食感を変える感じですかね」

俺の説明に頷きながら、ゲーリクさんも早速フレンチトーストを作っていく。卵液の割合とか甘さは好みだが、俺は砂糖少なめで、あったら蜂蜜を入れる。

数日前に俺が作ったパンもどきを試食してもらったら、ゲーリクさんは柔らかさに感激していたので、干した果実を発酵させた酵母を使う、元種の作り方を教えた。

たった数日だというのに、ゲーリクさんは今朝、その元種を使ってフランスパンのようなパンを窯で焼いていた。今回のフレンチトーストはそれを使っている。

ゲーリクさんには色々研究して、ぜひ美味しいパンを作って欲しい！

「あとは燻製にした肉をカリカリに焼いたものを添えて、野菜スープと果物があれば十分ですよね」

ドルムダさんには、ドラム缶のような燻製器も作ってもらった。

チップはキーリエフさんに匂いのある木を選んでもらい、試しに肉を燻してベーコンもどきを作ってみたのだ。

最初だから、豚っぽい味の肉と猪系の獣の肉を選んだ。野性味が強く独特の風味があったけど、それなりに美味しくできた。

ついでにバターを作ってみるために、金属製のシェイカーみたいな密封容器も作ってもらった。新鮮な乳が届くのが楽しみだ。

朝食の準備が終わり、食卓に並べる頃、キーリエフさんたちが起きてきた。

「おはよう、アリト君！　今朝は起きたら身体も肩も軽いんだ！　もしかしてこれが風呂の効果ってヤツなのかい？」

「おはようございます、キーリエフさん。そうですよ。肩こりや腰痛にもいいんです」

「おお、それはいいね！　毎晩入るのが楽しみになったよ」

「おう、おはようアリト！　風呂は良かったな！　俺も身体がすっきりしているぞ！　ワハハハハ！　今日は何を作るんだ？」

「おはようございます、ドルムダさん。いや、そんな毎日新しいものを作るのも……」

道具作りをそんなに急いでする必要はないからな。

「といいながら、今朝のこれもアリト君の新作料理だよね？　楽しみだよ！」

フレンチトーストは大好評だった。食糧庫にあった花蜜を掛けて甘く、またはカリカリに焼いた燻製肉と一緒にガッツリと、と食べ方を教えたら皆は両方試していたぞ。

「私たちにまでありがとうございます。卵と乳を使ってこんな料理も作れるんですね。ああ、もうすぐ手配していた卵と乳が届くはずです」

食後のお茶を飲みながらキーリエフさんたちと話していると、ゼラスさんの言葉通り、乳と卵が届いた。

届いた乳に乳脂肪がどれだけ含まれているかにかかっているが、クリーム状のバターっぽいものくらいは作れるだろう。

調理場に移動し、早速試してみることにする。

「じゃあ、バターを作ってみますね！　ドルムダさんが作ってくれたこの容器に乳を入れて、塩を一つまみ加えます。あとは容器を冷やしながら振るだけです！」

え、それだけ？　と目を丸くしているゲーリクさんたちを横目に、どう魔法を使うかを考える。中身を冷やしながらシェイクすればいいのだから……。

魔力を練って、中の乳の温度を下げながら波を起こすイメージで魔法を発動させる。

さざ波を思い浮かべたのだが、振動の反動が結構響いて、容器を手放さないようにするのは大変だった。

しばらく魔法を続け、容器の中の液体が固まってきた手ごたえを感じたところで止める。

「よし。じゃあちょっと出してみますね」

「「「ええっ！　それで完成!?」」」

「どうですかね？」

見守っていた人たちの重なった声に笑いつつ、そっと深めの皿に中身を出してみた。

すると、白い液体と、クリーム色の塊がわずかにあった。

「おお、ちゃんと分離している！　よし、これを取り出してさらに塩を加え、泡立て器で混ぜればよかったよな」

スプーンで塊だけをすくってボウルに入れ、塩を加えて泡立て器で混ぜる。

すると、どんどん固くなる手ごたえを感じた。

「そ、それがバターなのかい？　アリト君」

「ええ！　多分できていると思います。良かった！　乳にかなり脂肪分が含まれていたみたいです」

日本で売られている牛乳はホモジナイズして成分を均一化しているが、今回は加工していない乳だったのが良かったのだろう。

一回分でできた量はほんの少しだから、やっぱりバターは贅沢品だな。でも、これで柔らかいパンやお菓子が作れる。

しっかり滑らかなクリーム状になったのを確認して、スプーンで少しだけすくって味見をした。

「……うん。少し臭みがあるけど、これはバターで間違いない」

「「「「おおっ！」」」」

なんか凄い食いつきだな！　それなら。

朝食の残りのパンを薄く切り、それをさらに一口大に切り分けてバターを塗る。

「はい、じゃあ味見してみてください。これは料理に使ったり、こうやってパンに塗ったりして食べます」

差し出した皿に、次々と手が伸びる。

「これを乳と塩だけで作ったのか……。もっと乳を研究すべきだったな」

「美味しい！　こんな簡単にできるなんて」

皆、バターに興味津々だ。ゼラスさんもうれしそうに頷いている。

この乳は、なぜか魔獣を使った飛行便で配達されてきた。しかも定期的に届くように手配してあるらしい。

なんかやることが凄すぎだよな！　まあ、お蔭でこれからは卵と乳がここでは使い放題だけど。

「ふうん。これはムームンとはまた違った味だね。乳から色々作れるなんて面白い！」

「んー。確かに乳って言われりゃあ、乳の味がしないこともないが。面白えな。器具の製作を頼まれた時には、こんなんで大丈夫かって思ったもんだが」

キーリエフさんもドルムダさんも気に入ったみたいだ。

「じゃあこれを使って、午後はお菓子を作ってみますね」

「「「お菓子‼」」」

この世界では砂糖が貴重なので、お菓子などほとんど貴族しか食べられない。

とりあえずクッキーでも作ってみるか。一番簡単なアイスボックスクッキーなら、今ある材料でできるな。あのクッキー、祖母に何度作らされたことか……。

「最初は簡単に作れるものにします。とりあえず今はもっとバターを作りますね」

それからバターをもう一度作ると、キーリエフさんがやりたがったので魔法を使う工程はやってもらった。泡立て器で仕上げるのはゲーリクさんだ。

その間に卵と小麦粉と砂糖を用意する。でき上がったバターに砂糖を混ぜ、卵の黄身を入れたら、そこに小麦粉を様子を見ながら加える。材料の質も味も違うから、生地を練っている感覚を頼りに目分量でやるしかない。それが終わったら、筒状に成形してから魔法で冷やした。

少し寝かせて馴染ませた生地を適当な厚さに切って、ゲーリクさんに窯で焼いてもらう。

さすがに俺には窯は扱えないからな。

いい匂いが漂ってきた頃に取り出し、焼き上がったクッキーを皿に並べた。

焼いた時に割れたのを味見してみると、粗(あら)めの生地でザクッとした食感だったが、ほんのり甘くてそれなりの味に仕上がっていた。

味見のクッキーを噛みしめながら唸っているゲーリクさんを横目に、熱い視線を向けている後ろへと皿を差し出す。甘い匂いが窯からし始めてから、視線が背中に刺さっていたのだ。

「どうぞ、食べてみてください」

「「「おおお、美味しい‼」」」

一口食べて、みんな目を見開いた。

基本のクッキーだが、この世界の甘い物といえば干した果実が定番なのだから、十分美味しく食べてもらえそうだ。

あっと言う間に、最初に焼いたクッキーはなくなった。

ゲーリクさんと次を作っているが、それもすぐになくなりそうだ。

多めに作っておいて、それを手土産(てみやげ)にティンファを訪ねようと思う。

アディーにはそれとなく見回りを頼んだり手紙を届けてもらったりしているが、おばあさんの家に送って以来一度も会っていない。今夜にでも、アディーに訪問を伝える手紙を届けてもらおう。

ティンファから届いた手紙には、色々と近況が書かれていた。

おばあさんは以前、薬師学校の講師をしたことがあるそうで、色々教わりながら図書館へ行ったりして勉強しているらしい。

農作業の手伝いの仕事も見つけたと書いてあったから、ティンファも忙しくしているみたいだ。

クッキーがこんなに喜ばれたなら、分離して残った乳でスイートポテトもどきも作ろうか。確か、甘みのある芋があったよな。

甘い匂いに包まれながら、色々とティンファへの手土産を考えた。

第三話　森の街の生活

クッキーはできたそばから食べられたので、最終的にはかなりの量のバターを作ってクッキーを焼いた。

途中から同じ物をずっと作るのに飽（あ）きて、砕（くだ）いた木の実や、小さく切った干し果実を入れてみたりしたので、キーリエフさんなんてクッキーを食べすぎて、食事が入らないほどだったよ。

届いたばかりなのに、乳をかなり使ってしまったため、ゼラスさんが早速乳の取引量を多くする算段をしていた。

ゲーリクさんに、パンを作る時にバターを使うともっと美味しくなりますよ、と教えたら張り切っていたから、そのうちふわふわな美味しいパンが食べられるだろう。

クッキーを作った後は、スイートポテトもどきも作った。この世界でも芋と砂糖を和えたものはあったそうだが、裏ごしして乳を加えてから焼いたら、驚かれた。そしてでき上がったものを食べて、さらに驚いていたよ。皆はクッキーを大量に食べた後だというのに、スイートポテトもきっちり食べていた。

砂糖もかなり使ってしまったが、エリンフォードには砂糖の原料になる植物が生えていて、他の国よりは安いそうだ。だったら後で買い込まないとな！

ティンファからは、今日は家にいるので大丈夫だとすぐに手紙の返事があったので、これから家を訪ねることにした。クッキーとスイートポテトも、用意してもらった籠に詰めてある。

「では、ゼラスさん。ちょっとティンファに会いに行ってきます。今日はもうお腹いっぱいだろうし、ご飯の用意をしなくても大丈夫だと思うので」

「はい、お気をつけて。いつもキーリエフ様が申し訳ありませんね。今日はどうぞゆっくりしてきてください。行きはお送りしましょうか？」

「いいえ、大丈夫です。ありがとうございます。では、いってきますね！」

「はい、いってらっしゃいませ」

　この屋敷に迎え入れられてから、ティンファを送っていった日以外はずっとキーリエフさんとドルムダさんに捕まっていたので、やっと街を歩ける。せっかくだから買い出しもしよう。

　屋敷を出て、まずは真っすぐにティンファのおばあさんの家を目指す。

　樹上の街を見上げながら歩いていると、とても不思議な気分になった。なんだか身体が小さくなったような気がする。

　屋敷のすぐ傍にも木に上がる階段はあるが、真っすぐ目的地を目指すなら、地上の細い道を歩くほうが速いのだ。

　さほどかからずティンファのおばあさんの家に着くと、階段を上がって扉をノックする。間もなくして、ティンファが扉を開けてくれた。

「アリトさん！　来てくださってありがとうございます！　さあ、どうぞ。今おばあさんは出かけているので、遠慮しないでくださいね。あ、スノーちゃんもレラルちゃんもどうぞ。おばあさんには言ってあるから、そのまま入って大丈夫だよ」

「ありがとう。これ、お土産なんだ。甘いお菓子を作って持ってきたから、おばあさんと一緒に食べてくれ」

「うわあっ！　アリトさんの新作ですね！　しかもお菓子だなんて！　凄く楽しみです！　ありがとうございます！」

ティンファに籠を渡すと、漂う甘い匂いに満面の笑みを浮かべた。

甘い物でそこまで喜んでくれるなら、次はジャムを作ってスコーンでも焼こうかな。砂糖が高いなら、ジャムもないだろうし。

案内された部屋の椅子に座って待っていると、ティンファがお茶を淹れて戻ってきた。

「ふふふ。お菓子をお皿に並べてみました！　とってもいい匂いです！　今日のお茶は、アリトさんが旅の間に教えてくれた、果実の実と皮を乾燥（かんそう）させたものを入れました。飲んでみてください」

旅の間に、フルーツティーのことを思い出して、ティンファに言ったことがあった。

それを、試してみたのだろう。

「……うん、美味しい。果実の風味がきちんと出ているし、お茶自体の香りもいいね。これ、売りに出すんだよね？」

「良かった！　これはおばあさんも美味しいって言ってくれたんですけど、アリトさんに飲んでみて欲しかったんです。もう少し果物の種類を色々試して、お茶をたくさん作ったら商人ギルドへ売りに行こうと思っています。それにしてもアリトさん！　このお菓子は何ですか！　甘くてサクサクしていて、食べたことのない風味までします！　美味しすぎますよ、これ‼」

クッキーを食べたティンファが、興奮しながら次々と手を伸ばしている。顔がキラキラ輝いて見えるな。

いくつかつまんで一息つくと、ティンファは横に置いた袋から何かを一つ取り出した。

「それと、サシェ、でしたよね。作ってみたんです。どうですか？」

渡されたのは、花の刺繍が入った白く小さな袋状のものだ。それを手に取り、匂いを嗅いでみる。

「うん、いい匂いだね。爽やかなのに花の柔らかい香りもする。これ、ここら辺の花を乾燥させて作ったの？」

「はい！　おばあさんによい香りのする花を教わって、どれがいいか試してみたのですが、これが一番いいかなって思いました。花だけでなく、干した果物の皮を混ぜてみたんです」

ティンファには、フルーツティーと一緒にサシェも教えていた。この街の滞在費の足しになればと思ったのだ。これも祖母が婦人会で習って作っていたんだよな。

「香りは好みがあるけど、これなら好きっていう人も多いんじゃないかな。あとは甘めの匂いのものとか、香草の匂いが強いものとか、種類を選べるようにしたら、売れると思うんだけど……それとも、香りって需要がないかな？」

「いいえ。リナさんとも話していましたが、女性の討伐ギルド員には浄化が得意ではない人もいるので、そういう人に喜ばれるんじゃないかって」

「そっか。じゃあ露店……は、ティンファに何かあったらまずいから、商人ギルドで相談するといいかもね」

「はい。おばあさんにも、露店を出して自分で売るのはやめておいたほうがいいって言われました」

この街にずっと住んでいるだろうファーラさんでも、ティンファの耳の羽はやはり危なく映るのか。

アディーにティンファの様子見や街の偵察をしてもらっているが、今のところ彼女のことを探っているような輩はいないと言っていた。

だけど大きな街だけに、やはり後ろ暗い連中は裏通りにいるらしい。

キーリエフさんはティンファとも会っているから、恐らく配慮してこの街に手を回してくれていると思うのだが。

「うん、そのほうがいいよ。今のところ、その耳はバレていないのだろう？」

「はい。アリトさんが作ってくれたこの帽子を、外に出る時は必ず被っています。おばあさんもこの帽子はいいと言っていました。本当に、アリトさんには色々気遣ってもらってしまって……」

「そんなの気にしないでいいよ。それでティンファは今、おばあさんに薬草のことを教わりながら、農家の手伝いの仕事もしているんだろう？」

「はい。おばあさんが農家の人を紹介してくれたので、お手伝いさせてもらっています。そこで少しだけですが、農地の一画を借りられたので、旅で採っていたハーブや薬草を植えて育てているんですよ」

ティンファは旅の間に、ハーブや薬草などを丁寧に土ごと採取してカバンへしまっていた。

ティンファの能力を使えば、土地の魔力で植物が変質することはないので、そうやって世話をしているのだろう。

ティンファの暮らしが順調そうで良かった。

「そういえば、農作業ってどういうことをしているんだ？　ああ、ティンファが手伝いに行く時に、俺も一緒に見学に行ってもいいかな？　ちょっと農業に興味があるんだ」

「いいですよ。私は魔法を使う作業を担当しているのですが、農場主さんもかまわないと言ってくれると思います」

俺の育ちも農家だし、旅が終われば自給自足生活をしようと思っているので、この世界の農業を一度見てみたくなった。ここまで旅をしている間は、大して気にならなかったのだが。

旅の終わりを、無意識に感じているのだろうか。

農家へ手伝いにいくのは二日後だということで改めて同行の約束をし、ティンファの試作品のハーブティーとサシェを手土産にもらって、夕方頃に家を後にした。

『じゃあ、ちょっと街を見てから屋敷に戻ろうか』

俺が念話でスノーとレラルに言うと、二人とも元気に返事をする。

『わかったの！』

『はーい』

スノーとレラルも、久しぶりにティンファに撫でてもらえてうれしそうだった。

レラルは屋敷で自由にしていて、獣姿でもケットシーの姿でも皆に可愛がれ、よく抱っこされている。

スノーは、キーリエフさんとドルムダさんにもとても可愛がられている。スノーの両親のエリルとラルフはオースト爺さんの従魔で、キーリエフさんたちと面識があるらしい。だから、その二人の子供であるスノーをつい撫でてしまうのだとか。

スノーは、親しい人であれば撫でられるのを嫌がらない。皆には艶々の毛並みが評判だ。

スノーとレラルは、俺がキーリエフさんとドルムダさんと色々作っている間は、屋敷の広い敷地を散歩したり二人で競争したりもしていた。

ゲーリクさんは、さすがに浄化魔法でキレイにしていても調理場にスノーたちを入れることはないが、実はこっそり食事の支度の合間に二人をかまっているのを知っている。スノーとレラルは、すっかり皆のアイドル状態なのだ。まあうちの子は可愛いからな！　アディーはティンファや街の様子の偵察だけでなく、生まれ故郷の霊山へもたまに行っているそうだ。キーリエフさんの屋敷には様々な従魔がいるので、俺が屋敷にいるぶんには傍にいる必要はないと判断したらしい。

帰りは予定通りに樹上の街の回廊を通ることにした。結局、今日まで樹上の街を見にこられなかったからな。

「おお、こうやって歩いてみると、本当に幻想的だな！　わくわくして来たぞ‼」

ティンファのおばあさんの家の裏にある階段を上がって回廊に出ると、わりと道幅（みちはば）があることに気がついた。枝が多く広めになっている場所には、出店もある。

回廊は、つり橋状態になっていたり、枝の上にがっちりと木板が敷かれていたりと様々だ。

家々も、木をくり抜いたようなものや、木々の間に建てられたものなどがあり、見ていて飽きない。

回廊を歩いている人も多種多様な特徴を持っているので、童話の挿絵（さしえ）を見ているかのようだった。絵の中に自分が入って歩いている気がして、現実感がない。

それからはあちこちキョロキョロしながら歩いて、うっかり回廊を踏み外しそうになってスノーとレラルにズボンを引っ張られたり、アディーに頭上にとまられたりしながら街を堪能した。

木の実たっぷりのパンや果物を買って食べ歩き、エルフが得意だという木工細工の小物や矢を買った。もちろん、木の実やハーブもたくさん買い込んだぞ。

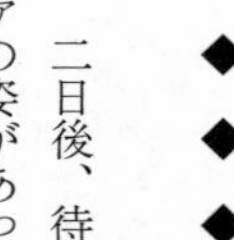

二日後、待ち合わせの約束をしたエリダナの街の南門に着くと、そこにはもうティンファの姿があった。

「ティンファ！　ごめん、待たせたかな？」

「いいえ、ちょうど今来たところですから」

慌てて小走りで近づくと、ティンファは笑いながら手を振ってくれた。

……そういえば、外で女性と待ち合わせって、俺初めてなんだけど！

しかも、なんかこの会話って……。

つい意識してしまいそうになり、身もだえてしまった。

「アリトさん、どうかしましたか？　しゃがみ込んだりして」

「い、いや、何でもないよ！　さ、さあ行こうか！」

気恥ずかしさに蹲っていると、ティンファに顔を覗き込まれそうになって慌てて立ち上がる。

「？　……はい、じゃあ門を出ましょうか」

変に意識したせいでティンファの顔を見ることができず、門前の街を眺める。

ティンファは俺よりも小柄で、耳の羽はキレイだし何より笑顔が可愛い……。

いや！　何でそんなことを今考えるんだ、俺は！

別に俺たちは付き合っているとかそういうんじゃないだろう、と言い聞かせながら、門番へ身分証明書を見せているティンファの後ろに並ぶ。そしてギルドカードと身分証明書を用意した。

農地は街壁の外の平原に広がっている。それというのも、エリダナの街の周囲では兵が絶えず巡回して魔物を駆除しており、街壁の外でも比較的安全だからだそうだ。

「ギルドカードと身分証明書です。お願いします」

ティンファが終わって俺の番になり、レラルを抱えて身分証明書とギルドカードを提示する。

「こっ、これはっ⁉　ど、どうぞお通りください」

……この街の兵の全員に俺の名前が知られていると思うと、かなり複雑な心境だな。

どこの街へ入る時でも市民でなければ入街料をとられるが、俺もティンファも、キーリエフさんから短期逗留許可証を貰っている。おかげで税を払わずに街の出入りは自由にできるのだが。

「はあー……。俺はただの薬師見習いなのに。なんで門番さんに頭を下げられなきゃならないのか……」

「ふふふふ。農地はこちらですよ」

エリダナの街の南門を出ると街道が草原の中に延び、その西側が一面の農地になっていた。

畑と農作業をしている人たちを横目に見ながら歩いていく。

ティンファが手伝っている農地に着いたのは、しばらくしてからだった。

「あ、ノールさん！　今日もよろしくお願いします。こちらは私の友人のアリトさんです。見学したいということなのですが、いいですか？」

ノールさんのところに限らず、一軒あたりが管理している農地はかなり広いようだ。

「おー、ティンファ。今日もよろしくな。アリト君も、邪魔にならない場所で見るならかまわないぞ」

ノールさんは、大柄でがっちりとした体格の男性だった。この広い農地を管理するのに、手が足りない時にティンファに頼むのだろう。

「ありがとうございます。アリトです。すみません、端で見ていますので、よろしくお願いいたします」

打ち合わせしながら今日作業する畑へ移動する二人を見送り、俺は周囲を見回す。

お、あの畑にあるのはポロネとピーノだ。向こうは他の野菜か。結構色んな種類の野菜を植えているんだな。

あそこは休耕地か？　きちんと一定周期で土地を回して使っているってことだろう。それなら肥料もやっているのかな？

以前、ティンファに農作業に使っている風魔法を見せてもらった時、風で種まきをするのなら、畝は作ってないのだろうか？　と疑問に思った。

だが、収穫間近の畑を見ると、きちんと一定の間隔で植わっている。

「ここは午前中に全部収穫したから、残った茎と葉を細かく切って、根ごと土と混ぜ合わせてくれ。あとは向こうの何も植えてない畑の土を柔らかく耕して欲しいんだ」

「はい、わかりました。では周りを巻き込まないように、少しずつやっていきますね」

「ああ、頼んだよ」

おお、やっぱり収穫した後に残った茎や根などを土に入れて、肥料にしているんだな！

ティンファが作業をしている畑へ近づいていくと、茎と葉を最初に風魔法で切り刻んでから、土魔法で土を柔らかくしていた。あとは柔らかくした土を魔法で盛り上げ、風も使ってかき回す。

耕運機の代わりに、魔法でどんどん効率良く作業を進めていっていた。

この旅が終わったら、畑と水田で野菜と米を好みの味に品種改良するのも楽しいかもしれない。

「ノールさん！　何か手伝うことありますか？　収穫とかあったらやらせてください！」

「お、なんだ？　もしかして農作業をしたことあるのか？」

「はい！　子供の頃はずっと手伝っていました。久しぶりにやりたいと思いまして」

「おう！　ならこっちの収穫を頼むわ！　どれを採るか基準（きじゅん）を教えてやるから、こっち来い！」

「今行きます！」

その後はすっかり楽しくなり、基準に合ったものを茎に負担をかけないように魔法を使って収穫していった。それをノールさんに褒（ほ）められて、そのまま育て方のコツなんかを聞きながら盛り上がりつつ、農作業に勤（いそ）しんだ。

この世界の野菜の育て方や見分け方を教えてもらえて、とてもいい勉強になったよ。

しかもお土産に採れたての野菜を持たせてくれたので、食べるのが楽しみだ。

作業を終えた後は、ティンファが間借（まが）りしている畑のハーブや薬草の様子を見て街へと戻る。

のんびり歩いていると、畑で農作業をしている人たちの姿が目に入った。魔法を使わずに農作物の世話をしている人や、魔法で畝を作っている人もいる。

「おじーちゃん、こっち終わったよ！　次はどこやるのー？」

「おわったー！」

「じゃあそっちの収穫をしてくれ。ちゃんと確認して採るんだよ！」

「「はーい！」」

子供が三人か、と思って見ていたら、女の子が成人前に見える男の子に「おじーちゃん」と呼びかけたのが聞こえて、思わず立ち止まってしまった。

「アリトさん、目がまん丸ですよ。ふふふ。ここではエルフだけでなく、エルフの混血の人や、妖精族の方も他の街よりずっと多いですから、見た目では年齢や関係がわかりませんよね。私とおばあさんも、見た目は親子みたいですし」

確かにティンファのおばあさんは、とても孫がいるようには見えない。ティンファと並んで親子だと言われても違和感がないくらいだ。

見た目で年齢を判断してしまう俺のほうが、ここではおかしいのだろうな。

……俺だって、こう見えて実際は三十を過ぎているのだし。

「ティンファはもう、おばあさんとの生活は慣れたかい？」

「はい。……本当は旅の間も、おばあさんがすでにエリダナの街にいなかったら、とか、おばあさんに孫だと認めてもらえなかったらどうしようって不安もあったんですよ。でも、おばあさんに手紙を見せて『私は孫のティンファです』って言ったら、『まあまあティンファ！　よく来たわね！』ってすぐに言ってくれたんです。お父さんが亡くなってからも、お母さんは義理の母であるおばあさんと手紙のやり取りをしていました。だから、母が亡くなったことも一応手紙で知らせようかと迷ったのですが、私はおばあさんと会ったことがなかったので、何も連絡せず……それなのに、『大変だったのね、いつまでも好きなだけこの家にいていいわよ』って言ってくれて」

確かにおばあさんは、リナさんと俺にお礼を言ってくれた時、本当にティンファに会えてうれしそうだった。

「この耳も、『ご先祖様の血が出たのね』って撫でてくれました。『いい耳ね』と言って。……私がお父さんに似ているのは小柄なところだけで、手先もお父さんみたいに器用ではないし、おばあさんとも全然似ていないのに」

「……凄いな、家族って」

「はい！　私もそんな家族がいてくれてうれしいです！」

ニッコリ笑うティンファを見て思う。

出会った時に、珍しい精霊族の特徴の耳を持っていても、「誇りに思いこそすれ、気にしてはいません」と言って笑ったティンファを、俺はとても強いと感じた。

でも両親を亡くして一人でいたあの時よりも、今のほうが輝いて見える。

ティンファはおばあさんと家族になれて、本当にうれしいんだ。もしおばあさんのように長い寿命を持っていなかったとしても、自分が先に年老(としお)いてしまったとしても笑っているだろう。

そんなティンファが、俺にはとても眩しく見えた。

「よかったな、素敵なおばあさんに会えて」

「はい！　アリトさんたちのおかげです。この街へ来られて、私はとても良かったです」

……俺はこの世界のことを、本来の居場所ではない『異世界』だと思っているから、こんなにも不安に思うのだろうか。

俺の血はここで紡いできたものではなく、無理やりこの世界に変換されたものだから。

倉持匠さんの足取りを追って、もっと『落ち人』のことがわかったとして、果たして俺は安心できるのだろうか？

『落ち人』全員が同じように変換されたわけではないと、倉持匠さんの残したあの綴(つづ)りを読んで知ったのに？

自分が納得できるか、なんだろうな。

だからこの世界に来て良かったと思う出会いがあっても、どこか吹っ切れていないのだろう。

「どうかしましたか、アリトさん。……もし、アリトさんが悩んでいることがあって、それが私に話せることだったら、いつでも言ってくださいね。無意識のうちにお母さんの影を追っていた私の背を、アリトさんは押してくれました。私にはアリトさんの背を押すことはできないかもしれませんが、話を聞くことくらいはできますから」

そっと腕に温（ぬく）もりが触（ふ）れ、いつの間にか俯（うつむ）いていた顔を上げると、真っすぐなティンファの眼差（まなざ）しが映った。

……ティンファに俺が『落ち人』だと、ここではない違う世界に生まれたと言うことができたら、何か変わるだろうか。

真っすぐな瞳は、何があっても受け止めてみせます、と言ってくれていて。

ティンファに全て話してしまいたい気持ちになるのに、開かれた口からその言葉は出なかった。

「……ありがとう、ティンファ。うれしいよ。いつか。いつかティンファには、俺のことを全て言えると思う。それまで待っていてくれるかな？」

こちらを見つめる眼差しに、やっとの思いで返せたのはそんな言葉だけだった。

「はい！　いつまでもお待ちしていますから！」

それなのに、ティンファはうれしそうに微笑んでくれた。

いつかティンファには全て伝えよう。

その微笑みを見ながらそう思ったのだった。

第四話　始まりの場所

ティンファの農作業現場に行った日以来、キーリエフさんとドルムダさんの隙を窺って(うかが)は図書館で調べものをしたり、ティンファと薬師学校の見学へ行ったりと、エリダナの街を満喫(まんきつ)していた。

キーリエフさんには家電や家庭で使う道具などの話を、ドルムダさんには作って欲しいリストとアイデアを話して、気を引いている。二人があれこれ思案して夢中になっている隙に、抜け出しているのだ。

すでに色々と作ったし、最初の頃に比べれば二人も大分落ち着いてきた。

図書館ではこの世界の様々なことや、魔力のことなどを調べている。

オースト爺さんの研究の話をキーリエフさんに聞いて、リアーナさんが持たせてくれた手紙も読んでみた。

それにはキーリエフさんが話してくれたことに加え、リアーナさんとオースト爺さんの共通の研究の内容も書いてあった。

それらを知って、改めてこの世界のことを知りたくなったのだ。

面白いと思ったのは魔法について。魔法は使う土地の魔力濃度に左右されず、使用者が同じイメージで発動すれば、常に一定の効果が発現するということだ。

魔法は、空気中に漂う魔素や物質に含まれる魔力を自分の魔力で操り、イメージした現象に変換して発動する。つまり魔法の強弱は、自分の魔力とイメージで決まるのだ。

魔力濃度が低い平野でも、大きな魔法を発現することは可能だという事実が、魔法の発現には土地の魔力濃度が関係ないことを証明している。

オースト爺さんに魔法を習っていた時はそんなものかと思っただけだったが、土地の魔力のことを知ると、なるほどなと思う。魔法の規模や精度を上げるのは、自分の魔力操作の技術に依存するのだとはっきりとわかった。

図書館には、予定が合えばティンファと一緒に行ったりもしている。もちろん、偶然出くわしたこともあったが。

気づけば閉館時間近くになっていたということも多いのだが、ティンファは俺の姿を見かけても声を掛けずに、自分の勉強をしていた。

俺が慌てて謝ると、「アリトさんを見ていると私も頑張って勉強しないと！　って気になりますから、私のほうが助かっているんです」って、微笑んで言われた。

俺には縁がないものだと思っていたのに、思わず街中で見たバカップルを連想してしまった。

待ち合わせの約束をすると、最近はどうも意識してしまってティンファの顔をなかなか見られずにいる。

薬師学校に行ったのは、単純な興味だけではない。俺の師匠は薬学の基礎を築いたオースト爺さんだというのに、結局初歩の薬の作り方しか教わっていないので、見学だけでもしたいと思ったからだ。ティンファも誘ったら喜んでくれたので、ゼラスさんに手続きを頼んで二人で行ってきた。

学校は街の中でも大きな建物で、エルフだけでなく、他の種族の特徴を持った人もたくさん学んでいた。見た目ではわからないが、聞けば成人前の子供から二百、三百歳の人まで、年齢層にはかなり幅があるらしい。

保管されている薬草も多種にわたり、オースト爺さんの研究小屋を思い出した。

学校全体に漂う様々な薬草の匂いもオースト爺さんを連想させて、懐かしい気持ちと少しの寂しさを覚える。

学校の授業で教えていた薬の作り方は、オースト爺さんのやり方とは少し違っていて、俺は今度こそ、その違いの理由も含めて全部オースト爺さんに教わろうと思った。

最近、オースト爺さんに会いたいと思うことが多い。これも一種の里心ってヤツなのかな？

ティンファは、薬については元薬師学校講師のおばあさんに習っているから、学校の雰囲気を味わえただけで満足だと笑っていた。

こうやって図書館で調べたり、薬草のことを学んだりしていると、やはり気になるものがある。

リアーナさんは土地の魔力をミランの森へ集め、周囲の魔力濃度を下げている。もちろん、森の魔力が高くなりすぎて魔物が溢れないよう、調整や管理もしているはずだ。

そしてキーリエフさんは魔道具を使って周囲の魔力を集め、人の住む場所の魔力濃度を下げているのだろう。

このエリダナの街は、そんなオースト爺さんたち三人の活動の先駆けとなった街で、霊山から彼らが出てきたところから始まった。

「……霊山。ちょっと見てみたいな」

「ん？　霊山に行きたいのかい、アリト君。森はスノーとアディーと一緒なら君には問題ないだろうけど、霊山まで行くと、二人でもアリト君とレラルを守るのは難しいだろう。そうだね……僕の従魔を使って、少しだけでよければ見にいくかい？　空からになるけど」

食後のお茶を飲んでいる時、つい口に出ていた言葉に、キーリエフさんが応じてくれた。

霊山。魔力濃度の濃い辺境の地であり、かつ、たくさんの種族を生み出したところ。

この世界でも特殊な場所。

「いいんですか？　この街で色々な話を聞いて、キーリエフさんやオースト爺さんの始まりの場所を見てみたいと思ったんです」

「ふふふ。いいよ。せっかくだから途中の森まではスノーに乗せてもらうといい。辺境でも『死の森』とは植生も雰囲気も違うから、見てみるといいよ」

「ありがとうございます！」

『落ち人』が落ちてくる場所でもある辺境を、俺はまだ『死の森』しか知らない。

霊山と周辺の森はこの世界にとっては特殊でも、『落ち人』が落ちてくる場所には違いないから、そういう意味でも見てみたいと思った。

「では、明日の朝食後に行こうか。森の途中で、僕の飛べる従魔を合流させるよ。空から霊山に近づいて見て、そのまま屋敷まで戻ってこよう」

「はい、わかりました。よろしくお願いします」

明日、森を、霊山を自分の目で見れば、何かが変わるだろうか？

『アリト！　明日おでかけ？　スノーに乗って走っていくの？』

『うん、そうだよ。明日はよろしくな、スノー』

『わかったの！　やったー‼　いっぱいアリトを乗せられるの！』

『わたしは？　わたしだけお留守番は嫌だよ』

『レラルも俺と一緒にスノーに乗せてもらおうな。アディーには偵察と警戒を頼むよ』

『おねえちゃんにアリトと乗るの？　おねえちゃん、よろしくね』

『……まあ、ここの森も霊山も俺の庭みたいなものだ。警戒くらいしてやろう』

よし、そうと決まったら明日の朝は早めに起きてお弁当を作ろう！

どこでも食べられるように、サンドイッチとおにぎりがいいかな。一応スープも作ってカバンに入れておこう。ドルムダさんに密閉容器(みっぺい)を作ってもらったし。

その日は遠足前の子供のように浮かれ、わくわくしながら風呂にゆっくり浸かってから寝た。

もちろん、スノーとレラルをブラッシングしてもふもふして、ミル、ウル、ラルもたっぷりぷにぷにしてからだぞ！

◆　◆　◆

「今日はよろしくな、スノー。レラルも落ちないように、しっかり掴(つか)まっているんだぞ。苦しかったらすぐ言うようにな」

夜明け前に張り切って起きて、パンの仕込みをするゲーリクさんと一緒に弁当と朝食を作った。今は屋敷の前で、出発を待っているところだ。

レラルは速度を出した時にスノーの背から落ちたら危ないので、子猫姿になってもらって、俺の身体の前で大きな布を結んでその中に入れてある。

『スノー、頑張るの！　アリトもしっかり掴まっているの！』

俺を乗せて森を思いっきり走れるのがうれしいのか、元の大きさに戻ったスノーは張り切っている。俺が毛並みに埋まりながら背伸びして、スノーの首筋を撫でると、うれしそうにすり寄ってきた。スノーの大きな顔の鼻筋や、ピクピク動く耳を思う存分撫でまわす。

スノーは旅の間も成長し、もうすぐ成獣となるので、今はエリルより少し小さいくらいだ。

俺の倍以上もあるから、背伸びしても胸元にしか手が届かない。恐らく四メートル以上はあるだろう。尻尾なんて俺が抱きついて、やっと手が回るくらいなのだ！　もうたまらんよ！

『おねえちゃん大きいね！　凄いね！』

『そうなの！　スノーはお母さんみたいに大きくなったから強いの！』

おおう。うれしそうにぶんぶん振られる尻尾に、吹き飛ばされそうになったよ！　それでも離れないけどな！　もうアディーの呆れた眼差しは気にならないぞ！

いつかアディーのふわふわの羽毛も撫でたい。ちらっと胸元の柔らかい羽毛に目をやると、アディーに身体ごと避けられるのだ。いつになったらアディーは俺に優しくしてくれるのか。

「待たせたね、アリト君。僕はこの子に乗って一緒に森を走るよ。この子はイダリス。スーディという種族の魔獣だよ」

キーリエフさんが連れてきたのは、白い毛並みに薄灰色の模様があり、尻尾が太くて長い、ユキヒョウのような魔獣だった。豹よりも耳が大きくて毛がふさふさだ！

しなやかな体つきに美しい毛並み！　触ったらとても気持ちいいだろうな。

「……アリト君。イダリスは僕とは長い付き合いだけど、少し気性が荒いところがあるから、撫でるならイダリスがいいよと言ってからにしてね」

おおう。涎が出ていたか？　でも、新たなもふもふを前にしてはもう……。

「本当ですか⁉　俺はアリトだ。こっちはスノー、そしてこの子がレラル。それと空を飛んでいるのがアディーだ。よろしくな、イダリス」

「ぐるるるる」

ひょいと、子猫サイズのレラルを、俺の頭くらいの位置にあるイダリスの鼻先へ持ち上げる。

レラルはビクっと硬直したけれど、最初の挨拶はちゃんとしておかないとな！

「よ、よろしく、です」

耳がぺしょんと下がり、尻尾もくるんと丸まってぷるぷる震えながら挨拶したレラルを、イダリスは大きな舌先でペロンと舐(な)めた。

「ふにゃあっ」

舌先でも子猫サイズにはかなり大きいから、レラルの身体は一気に涎まみれになった。

まだ震えているレラルに浄化を掛けて胸の前の抱っこ用の布の中へ戻し、喉元(のどもと)を撫でて宥める。

それから、イダリスの顔を見つめて声を掛けた。

「イダリス、少し触らせてもらってもいいかな？　とっても美しい毛並みだから、触ってみたいんだ」

「……グルゥ」

「お、アリト君。少しなら触ってもいいそうだよ。珍しいなぁ、イダリスがそんなこと言うなんて。アリト君は凄いね」

「もふもふは大好きですので！」

触りやすいように下げてくれたイダリスの頭へ、そっと手を伸ばす。

おおっ⁉　レラルよりも毛足が長いからか優しい感触(かんしょく)だ。ふわふわで柔らかい……こ、これはビロードを超(こ)えたっ‼

「本当に好きだね、アリト君。まあ、イダリスもまんざらじゃない顔をしているからいいけど」

俺は今、かなりだらしない顔をしているのだろう。

でも、イダリスも目を細めて気持ちよさそうにしてくれているからいいよな。

ピクピクと動く長い毛並みの大きな耳に、そっと手を伸ばして撫でる。

こ、これももふっとしていて、またいい手触りっ！　も、もうだめだ。

『……むう。アリト！　スノーも！　スノーも撫でるの‼』

ドンッという衝撃が背中に走り、そのままぐりぐりともふもふな感触に押された。スノーの嫉妬のぐりぐりだね！　可愛いな、スノーは！

いつもより大きいので押し倒されそうになりながらも、お望み通りに全身を使ってスノーをもふもふしまくった。

「さあ、そろそろ行こうか。遅くなってしまうよ。このまま後ろの街壁を飛び越えていこう。走るのが速すぎたら合図をしてくれ。まあアディーがいるから、はぐれることはないだろうけどね」

「はい、わかりました！」

さあ、オースト爺さんの始まりの地、霊山へ出発だ！

キーリエフさんの合図で、スノーは前を行くイダリスを追って走り出した。

迫りくる木が飛ぶように後ろへ流れていく。ひやりとするどころか、周りを見ている余裕なんてなかった。

「うわっ！　うわぁあっ！　ちょっ、ちょっとキーリエフさん！　速すぎですっ！」

「そうかい？　ちゃんと風除けの魔法を掛けているんだろう？」

いや、掛けていなかったら、今頃俺は吹き飛ばされているよ！

「ス、スノー、お願いだからもうちょっとゆっくり走って！」

『んー？　でもイダリスについて行かないとなの！』

「うわああっ！　振り落とされるっ!?」

オースト爺さんに、ロックバードのロクスに問答無用で乗せられた時の恐怖感がよみがえってくる。

風を切り裂くイメージで風除けの魔法は掛けているし、スノーも魔法で補助してくれているから、風自体を感じてはいない。

でも、走っているスノーの動きの影響はあるのだ。今走っているのは、獣道さえない森の中だけに、木や枝を避けるのに左右上下、ぎゅんぎゅんと揺れる。

「レ、レラル大丈夫か？　潰れてないか？」

『大丈夫だよ！　おねえちゃんの毛皮がふわふわだから痛くないよ』

胸の前に子猫のレラルを抱えているから、今回は全身でスノーの身体にしがみつくのではなく、腕で掴まって隙間を作っている。腕がつりそうだ！

「うわっ！　スノー！　ま、曲がる時はせめてゆっくりにしてくれっ！」

時速五十キロは出ているであろう木を避けながらのジグザグ走行に、腕が悲鳴を上げている。

「アリト君。風除けの魔法を工夫してみてごらん。大分楽になるはずさ。森は広いから、霊山まではまだまだあるんだ。こんなところで音を上げてちゃ、日帰りできないよ」

キーリエフさんはSだったのか！　なんで人が苦しんでいるのに楽しそうなの？

スノーに乗って途中まで森の様子を見ながらいこう、って言っていたけれど、こんな速度じゃ風景なんて見えないよ！

でも、風除けの魔法の工夫、か。

……しがみつくのがつらいなら、走行に合わせて俺の身体をスノーに押し付ければいいのか？

とりあえず風を切り裂く魚みたいな紡錘形のイメージで、スノーの頭上の斜め上から風の障壁を展開して……。

よし、左右も身体が倒れる方向の逆から支える感じに……おっ、常に魔法の操作をしないといけないけど、腕がかなり楽になってきたぞ！

「ふふふ。できたみたいだね。じゃあもう少しスピードを上げようか」

「えっ、ええっ!?」

『スノー、もっともっと速く走れるの！』

「ちょっ、スノーッ！　もう速度上げなくていいからっ‼　うわぁあっ⁉」

腕は楽になっても、風景が見えないことは変わらない。

なんとか集中力を振り絞って風魔法を操作し、休憩するまで振り落とされずに済んだのだった。

もう帰りたい気分だけどな……。

短時間の休憩を二度ほど挟み、昼休憩をとるために止まったのは、今はもう朽ちているエルフの集落だったと思しき場所だ。

「ここの集落は、エリンフォードの国とエリダナの街ができた後も残っていたんだけれどね。エルフは長寿の影響か子供ができにくい傾向があってさ。数少ない若者たちが森から出てしまい、結局集落自体も森の浅い場所へと移動したんだよ。昔はこの辺りの魔力濃度はもっと高くて、魔物の被害も結構あったんだ」

お弁当のサンドイッチとおにぎりを食べながら、元々は木の上にあったのだろう、今は崩れ落ちている家を見つめつつ、キーリエフさんは話してくれた。

その横顔が遥か遠い昔を見ているかのようであまりにも儚く、かけるべき言葉を探したけれどなかなか見つからない。

キーリエフさんもオースト爺さんも、魔物が溢れるのを防ぐ研究を始めたのは、森の中でも安全に暮らせるようにするためだったのではないだろうか。

現に、エリンフォードの国は集落をまとめる形で建国され、王都は森の中にある。

そういえば王都には行ってないな。

森の中の街——見てみたい気もするけれど、どうしようか。

「街へ出たエルフは寿命が短くなった代わりに、森の集落で暮らしていた時よりも子供が生まれやすくなったと聞きました。その変化を退化とみますか？」

エルフが森から出たのは安全な暮らしを求めるためだろうから、この変化は誰にも止められるものではない。それに伴う種族特性の変化だって、仕方ないのだろう。

「いや、退化じゃない。退化したんじゃないんだ。確かに僕たち、霊山で生まれたエルフは今ではハイ・エルフなんて呼ばれて、数をずっと減らしているよ。子供がほとんど生まれなかったからね。霊山は厳しい土地で、いくら寿命が長くても、いつ死が訪れるかわからない。そのため、霊山から下りて森に住み、さらに平原に街を造った。これは当然の流れで、あのまま霊山から出なければ、エルフという種族は絶滅していたかもしれない。だから子供が生まれやすくなり、子孫に血筋を残しやすい今のほうが進化なのだと僕は思っているよ」

リナさんにハイ・エルフやエルフについて聞いた時、エルフという種族がなぜそこまで変化したのか疑問に思っていた。

俺が落ちてきた際、アーレンティアという世界に適合するように変換されたのは、この世界の意志によるものだったのだろうと思うことがある。

だとすると、世界の意志は、霊山で生まれたエルフの変化も望んだのだろうか？

答えが出る問いではないとわかってはいても、疑問に思う気持ちは止められない。

ハイ・エルフであるキーリエフさんやオースト爺さんは、そんな変わっていく世界を見続けてきたのだ。

「もしかしたらこの世界には、寿命と出産について何らかの法則があるのかもしれませんね。立証はできないとしても」

魔物でも、やはり数が多いのはゴブリンなどの弱い種族だという。上級の魔物や魔獣ほど数が少なくなるのだ。魔力濃度の高さで生まれる場所が決まっているのだから、それは当然というべきなのかもしれないが。

「ああ、なるほど……。確かにそうかもしれないな。僕とオーストとこの国の初代国王となったヤツは同世代でね、同じ時期に三人も生まれたと大騒ぎになったよ。当時は、それこそ百年に一人か二人子供が生まれたらいいというほどだったそうだから」

考えてみれば、寿命が仮に千年だとして、その間にポンポン子供が生まれたら、世界はエルフで溢れてしまう。

そうはならないのは、やっぱり自然の摂理というものなのかもしれない。

「でもこれから先も森で暮らしたいと望む人はいるでしょう。今よりももっと魔力濃度が安定して、魔物の発生状況が変化すれば、この場所にもまた人が住むかもしれませんね。俺も街は街で楽しいですけど、自然の中でのんびりと暮らしたいと思っていますし」

エルフは寿命が短くなったといっても三百年もあるのだから、森の生活を知らない若者が森で暮らそうと思った時に、生活する術(すべ)を教えてくれる世代がいないなんてことはないだろうしな。

「ふふふ。アリト君は面白いね。僕も、街や平原は嫌いじゃないんだ。街で生まれたエルフの中にも、浅い森の集落で暮らすことを選ぶ子もいるし。もっと安全になれば、その子たちもまたここら辺に住むのかもしれないね」

まあ、俺はここが森のどの辺りなのかわからないんだけれどな！

だってスノーの走りが速すぎて、街からどれくらい進んだかさえ全然見当もつかない……。

少なくとも、浅い場所ではないと思うが。

「王都はもっと奥にあるんですか？」

「ああ、もっと北にあるよ。森の深さならここと同じくらいだね。王都といっても建国した当時、森にあった小さな集落を集めて全員が住めるように造った街だから、エリダナの街よりもずっと小さいし、住んでいる人も少ないんだ」

「へえー。王都には人族や獣人の方は住んでいるのですか？」

「うん、少しだけ。この森に王都に続く道があって、警護（けいご）付きの定期荷馬車が食料を王都へ運び込むからね。外から来て商店を開いた人もいるんだ。まあ、エルフや妖精族、精霊族の血を引いている人たちがほとんどだけどね」

では、エリダナの街から王都まで道があるってことか。

「精霊族の血を引く人の中に、ティンファのような特徴を持った人はいますか？」

「彼女は……かなり精霊族の血が濃く出ているよ。先祖返りだろうね。今はもう純血（じゅんけつ）の精霊族はこの国の王都にも住んでないし、ほぼ霊山にしかいない。だから、彼女のような特徴を持つ人もほとんどいないだろうね。混血が生じたといっても、遠い過去のことだ。今の王都にも、見ただけで精霊族の血を引いているとわかる人はいないと思うよ」

「やはりとても珍しいんですね……。耳はずっと隠したほうが安全ってことですか」

「そうだね。世間にはバカなことを考える輩がいるから、彼女も大変だろう。エリダナの街の警備兵には彼女のことを伝えてあるけれど、どうしたって警備の目が届かないところもあるから、アリト君も気に掛けてあげたほうがいいと思うよ」

アディーだって、いつもティンファのことを見ているわけではない。俺も注意するに越したことはないよな。

「ご配慮くださりありがとうございます。今度ティンファと人目が多い広場を歩いて、悪意を持って監視している人がいるかどうか、スノーに確認してもらってみます」

「うん、それがいいね。何かあったら警備兵に言ってくれたらいいよ。さて、そろそろ行こうか。腹ごなしに少し歩くかい？」

「はい！　ちょっと薬草を採りたいです。少しの間、採取してもいいですか？」

休憩中、図鑑でしか見たことがない薬草がちらほらあったから、気になっていたのだ。

キーリエフさんが言っていた通り、植生も他の森とは違っている。ぜひとも歩きながら採取したい。

「ぷくく。じゃあ採りながらある程度歩いたら、従魔に乗って一気に速度を上げていこうか」

「えっ……。そ、それはちょっと」

「飛べる従魔との待ち合わせの場所は、もっと奥なんだよ。開けた場所じゃないと降りられないからさ。そこまで頑張ろうね」

ショックのあまり、癒しを求めてついイダリスとスノーとレラルに抱きついて撫でまわしたのは仕方ないと思う。

その後は薬草を採りながら少しだけ歩き、そしてまたもの凄い勢いで走るスノーの背に揺られながら移動した。

そのお蔭か、キーリエフさんがルーリィというロックバードの従魔を待機させておいてくれた場所へは、それほどかからずたどり着いた。

暴走するスノーに乗って移動する間は、風魔法を念入りに掛けて耐えていた。それでも結局、スノーに乗っている間は景色を見る余裕などなかったけどな！

待ち合わせ場所の周辺は、例えるならシラカバの森のような感じだ。

白みがかった幹の木が連なり、その合間に他の種類の木がちらほら生えている。白みがかった木々は、どこか静謐な空気を漂わせていた。

シラカバに似た木が多いのはここら辺だけで、他の場所ではそうでもないようだ。

ただ、ここよりさらに奥は魔力濃度が上がって上級魔物が増え、ほぼ誰も立ち入らないために、樹齢の高い大木が連なる古森へと変化していくらしい。

ルーリィに挨拶すると、穏やかな鳴き声を上げ、俺が羽毛に抱きつくことも許してくれた。オースト爺さんのところのロクスのような空の暴走族ではないと思いたい！

昼休憩から移動が続いていたため、一息ついてから霊山を目指すことになった。

「アリト君は薬師としてやっていくつもりなのかい？　確か、オーストと一緒に面白い薬を開発したと聞いたけど」

ハーブティーを飲みつつ、先ほど採取した薬草の仕分けをしていると、キーリエフさんにそう尋ねられた。

人が立ち入らない森なだけあって、薬草は種類も量もかなり豊富だ。図鑑を見ながら採る俺に、キーリエフさんが珍しい薬草も教えてくれて、短い時間でも大量に採取できた。

オースト爺さんとは、傷が即座に治る即効性の薬は無理でも、免疫力を上げたり体力を回復したりする飲み薬は作れるのではないかと研究していた。

試した方法は、回復力促進と体力回復、殺菌をイメージしながら魔法で出した水に、魔力を込めて薬効を高めた薬草を溶かし込むというものだ。

手順や魔力の込め方を試行錯誤しながら作った薬は、それなりの効果があった。

ただ、これ一本で治るというには程遠い。

実験で作った薬はカバンにあるが、旅立つ時のオースト爺さんが言った「売ると騒ぎになる」一品なので、今のところは入れっぱなしになっている。

そんな話を、一通りキーリエフさんに伝えた。

「薬草を採るのは、もう癖になっていまして。薬を作るのは嫌いじゃないですが、まだ初級の薬の作り方くらいしか知りません。あの薬ができたのだって、ほぼオースト爺さんのお蔭ですしね。オースト爺さんに教わりたいとは思っていますが、俺は好きなものを色々作りながら、スノーたちとのんびり暮らしていけたらいいかと考えています」

今こうやって貴重な薬草を採っても、調合できないのだ。そんな俺が、薬師としてやっていく、とはとても言えない。まあ、薬草を採るのは好きだし、のんびり勉強しよう。

「そう急いで決めるものじゃないよね。考える時間はいくらでもあるし、やりたいことをやればいいよ。さて、そろそろ行こうか」

「……はい」

覚悟を決めてルーリィに乗ると、ふわりと空へ舞い上がった。

スノーとイダリスは小さくなって一緒に乗り、レラルは子猫のまま俺の胸元に入って顔を出している。

「これは……。とても、とても美しい」

空に上がってすぐに、霊山の姿が視界に入った。

霊山は遠近感がおかしくなるほど巨大で、雲を突き抜けた山がどこまで高く続いているかわからない。

エリダナの街からでも遠くにうっすらと、一際(ひときわ)高い山を見ることはできていたが、こうやって近づいて空から見ると圧倒される。恐らく俺が知るどの山よりも高いだろう。

雲を貫いてそびえたつ山からは荘厳(そうごん)さが伝わり、人を平伏(へいふく)させる空気があった。

「あれが霊山だ。僕とオーストは、あの山で生まれたんだよ。現在では存在しない集落だけどね。今の霊山には、ごくわずかのエルフと精霊族、妖精族が暮らしているだけだよ」

「……あそこで暮らしているなんて、想像もつきません。空気さえもこう、澄(す)み切りすぎて、呼吸をするのも憚(はばか)られる感じがします」

古い山や森を神域(しんいき)と称することがあるが、まさにあの霊山から感じるのは崇高(すうこう)な神聖

さだ。

「霊山は、恐らくこの大陸で一番魔力濃度の高い場所だからね。空気中の魔素も濃い。きっと、そのせいで空気さえも違うと感じるのだろうね」

これが魔力？　それとも魔素を感じているのか？

魔力濃度が高いと空気にまで影響が出るのだろうか。『死の森』では、特に空気の違いを感じることはなかったのに。

「……霊山にも、魔物や魔獣はいるんですよね？」

「ああ、いるよ。でも穢れた魔力の土地が少ないのだろうね。魔物ではなく魔獣がほとんどさ。とはいえ、上級魔獣でも知性より凶暴性のほうが勝っているものがいるから、危険なのは間違いない。魔物も厄介なやつばかりだしね」

「キーリエフさんたちもここで暮らしていたんですね……。なんか想像もできないです」

「まあ、厳しい暮らしだったけど……毎日生きていることを実感できる日々だったよ。僕たちが住んでいた集落は霊山の麓にあってね、精霊族だけはもっと高い場所にも住んでいると言われていたんだ。霊山で暮らす精霊族は、人よりも自然に近しい種族だったからね。とはいえ、今も住んでいるかどうかはわからないけれど」

ティンファは木と同化することができると言っていたし、リアーナさんには木を操る能力があった。それを思えば、精霊族は自然に近い種族なのかもしれないな。

ともあれ、ここも魔境と言われる辺境の地の一つ。

もし俺が落ちたのが霊山だったら、ほんの少しの間でも生きていられそうにないな。

「やはり霊山は『死の森』と同じ魔境と言われていても、全然違いますね。霊山が魔力濃度が一番高い地なのも、なんだか納得できます」

ここは違う、と一目でわかる。霊山はこの世界でも特殊な場所なのだと。

空を飛び続け、目の前に迫ってきた霊山をじっくりと眺めて思う。

この世界には魔物や魔獣など、地球にはなかった脅威がある。でもそのぶん、神――というか、世界の真理にも近いような気がする。

「アディー？」

「ヒューイッ」

鋭い鳴き声に考えるのを止めて空を見上げると、アディーが雲を切り裂きながら昇っていく姿が目に入った。

空の青よりなお碧い、アディーの姿に見入る。

アディーのウィラールという種族は、風の王と呼ばれているとティンファに聞いた。本来のウィラールは、とても大きい魔獣であることも。

この霊山を取り巻く雲を、魔力濃度の高い空気さえも切り裂いて、本来の姿で自由に飛び回る優雅なアディーを頭に思い描く。それはまさしく風の王と呼ばれるのにふさわしい。

いつか。いつかアディーにちゃんと認めてもらえて、本来のウィラールとしての姿で背に乗せてもらうことができたら、もう一度この霊山に来よう。

アディーの姿を見上げながら、そう思った。

ぐるりと霊山を半周したルーリィは、霊山のほうから見たことのない巨大な鳥影が出たことを認めると反転し、エリダナの街へと進路を切った。

「さあ、もう戻ろうか。夕方までには帰らないとね」

空を飛んでいても、この場所では決して安全ではないということだろう。

大きな鳥型の魔獣はもちろん、他にも飛べる魔獣や魔物の種族はいるのだ。そんなやつらに一人では立ち向かえない俺は、この場にいる資格などない。

「はい。ありがとうございました。霊山を見ることができて、そして肌で感じられて良かったです」

「そうかい。……君は君なりの答えを見つけられるよ。きっとね」

「……はい」

世界に「なぜ」と問い掛けても、答えなど返ってこない。

だからそれは、自分の中に見つけるしかないのだ。

そのまま西へと沈(しず)んでいく太陽を眺めながら、一時の空の旅を過ごしたのだった。

ルーリィがキーリエフさんの屋敷に着いたのは、ちょうど日が暮れた時だった。帰りは本当にあっという間だったな。ロクスとは違って、穏やかな飛び方だったし。

キーリエフさんに今日のお礼を言い、ゲーリクさんの作ってくれた夕食を食べる。前に一度、スノーとレラルもお風呂に誘ったことがあるが、嫌そうに断られてしまった。だから夕食後、スノーに今日のお礼を言い、たっぷりブラッシングをしてから一人で風呂へ向かう。

まあ今日は、こっそりお供を連れてきたのだけれど。

風呂場へ行き、誰も使っていないことを確認してから、使用中の札を下げて中に入る。札は、屋敷の人からの提案があって作られたものだ。女性が風呂に入っている時、知らずに男性が入ってきたら大変だからね。

服を脱いで自分に浄化を掛け、手に自作の革の水袋を三つ持って脱衣所小屋の外へ出る。

風呂の水に手を入れ、浄化を掛けてから魔力で水温を上げてお湯へと変えた。

火属性の魔法を使ってもいいのだが、俺は苦手なので、水魔法をイメージで応用して温度を変化させている。

「よし、そろそろいいかな」

手桶（ておけ）にお湯を汲み、温度を確認してからそっと足へ掛ける。うん、いい湯加減だ。中に入ってからもすぐに温度を調節することができるし、本当に魔法って便利だよなぁ。

手桶を三つ用意し、その中に、水袋に入っていたスライムのミルとウルとラルを移した。少しだけ、それぞれが好きな属性を宿した水も注いでおく。

そして湯に入って、手桶を三つ浮かべてみた。

「風呂にスライムを浮かべるなんて、俺くらいだろうな」

なんとなく一人でいたくないいけど、他の人と一緒にという気分でもなかったから、連れてきてみたのだ。

のんびりと湯に浸かり、揺れる手桶を眺めながら、今日見た霊山の姿を思い出す。

あの姿は、まさにこの世界そのもののようだった。問いかけに対し何も答えず、厳しくただそこにあるだけで。

自分なりの答えか……。

俺はそろそろ、それを見つけないといけないのだろうな。

ぼんやりと湯に浸かりながら、桶の中に指先を入れて魔力を流し、スライムをぷにぷにする。

やっぱり触った質感が、三匹とも違ってきているよな？　このまま弾力が違うスライムに変化するのだろうか？

最近では透明（とうめい）な身体の中にある白っぽい部分が、ほんのりと好きな属性の色に変化してきたから、自然と見分けがつくようになっていた。

　ぷるぷるゆらゆら、ぷるんぷるんと震えるミル、ウル、ラルたちを、ぷにぷにぷにぷにしていると、ふいに風呂場の仕切りの扉が開いた。

「おーう、アリト！　邪魔するぜ！」

「えっ、ドルムダさん？」

「すまないね、アリト君。ドルムダがアリト君なら一緒でいいだろうって言ってきかなくて」

「ええっ、キーリエフさんまでっ！」

「ん？　何か慌てるようなことがあるのかい？　何度も一緒に入っただろう？」

　うわっ、どうしよう。まだスライムたちのことは二人には言っていなかったんだよな。

　なんとなーく嫌な予感がして……。

「お？　手桶を風呂に浮かべて何をしているんだ？」

「ん？　……もしかして、中に何かいるのかい？」

　す、鋭いっ！　水に入っている透明なスライムに気づくとか、キーリエフさん凄すぎるでしょ！

「えー、あー、そのこれは……」

　ごまかしたいけど、これ、言い逃れできるのか？

「見えないのに何かいる……。んー、もしかしてスライムかい？」

はい、正解です！　もう、どんだけなんだ、この人は！

第五話　スライム研究

「ほうほう、なるほどね。スライムにも好みの魔力がある、と」

結局、出会いから今までのことを洗いざらい説明させられた。

なんか、真っ裸で凄い勢いで詰め寄ってこられると、いつもにも増して断りにくくて……。

しかも、俺の話を聞いたキーリエフさんはその場でミルたちに魔力を注ぎ、俺の魔力との反応の違いを確認して、なおさら興味を引かれたみたいだ。

「僕もスライムについて疑問に思っていたことがあったんだよね。皆同じくらいのサイズだけど、成長して大きくなることはないのか、とか。アリト君が研究をしているならちょうどいい。実験をしてみないかい？」

「いや、確かに色々やってみたら面白いかなとは思いましたが、研究まではしてないです！　だから俺は何の力にもなれませんよ！　それに、ミル、ウル、ラルの三匹だけではサンプル不足だと思いませんか!?」

最初は俺も実験したいと思っていたが、毎日ぷにぷにして癒されていると、愛着が湧いてな……。実験するのはかわいそうだと思うようになったのだ。

だから、俺は大して協力できないことと、三匹だけでは正確な実験結果が得られないだろうことを伝えて、キーリエフさんに諦めてもらおうと考えた。

「ん？　じゃあ、この機会に一緒に研究してみようよ。そうなると、確かに数は必要だよね。明日の朝にでも、ルーリィに頼んでスライムを獲りに行こうか。僕の魔力が好みのスライムとそうじゃないスライム、どちらも欲しいよね。サンプル数を増やしたいから、ドルムダ、付き合ってもらうぞ。あとはゼラスも連れていけば、アリト君も入れて四人か……。もうちょっと人手が欲しいところだけど、捕獲したスライムを保管する場所が必要だし、捕まえすぎても管理に困るよね。とりあえずは四人で捕まえられた数でやってみようか」

「俺も付き合うのか？　まあ、面白そうだし、仕方ねぇな」

「えええっ⁉」

なんだか嫌な予感通りになってきたぞっ！

俺はただ、実験にミルたちを使いたくなかっただけなのに！

「よし、そうと決まったら早速準備をしよう。何匹捕獲できるかわからないからね。革の袋でもいいけど、何か考えてみるか……」

了承していないのに、これ、俺も人数に入っているよな？

「諦めろ、アリト。こいつはこうなったらもう無理だ。いつものことだがな」

「……そうですね」

ドルムダさんの言葉に肩を落として頷く。

まあ実験といっても、酷いことをすると決まったわけじゃないし。

むしろキーリエフさんと一緒にいれば実験を見ていられるから、安心できるか？

ブツブツと呟いているキーリエフさんとドルムダさんを残して、とりあえず俺はお風呂を出ることにした。

二人がのぼせて明日のスライム捕獲が中止にならないかな？　なんて、ちょっとしか思ってないぞ。

「さあさあ！　張り切ってスライムを捕獲しに行こうじゃないか！」

いつもよりも早く起きた、テンションが異常に高いキーリエフさんに急かされ、しまいにはルーリィのところまで引っ張っていかれた。

キーリエフさん、ドルムダさん、ゼラスさんと一緒にルーリィに乗って来たのは、ミルたちと出会った湖だ。

森の奥にも湖はあるが、魔力濃度が高すぎるためにスライムがいるかどうか不明だそうで、確実にいる場所へ行くことになった。

キーリエフさんは、次は森の奥の湖にスライムがいるか調査に行くと言って、ウキウキしていたが。

旅の途中で寄った湖は、サマリア湖というらしい。魔力濃度がそこまで高くなく、水源からは遠いため、辺境地の魔物ほど強いものはいないとのことだ。

まあ、前に訪れた時のアディーの話によると、湖の主みたいなそこそこ強い魔物はいるようだが。

あの時は徒歩だったから湖・エリダナ間の移動に何日もかかったが、ルーリィに乗って空を飛べばすぐだった。

「よし、ではスライムの捕獲に移るよ！」

「……そういえば、どうやってスライムを捕まえるんですか？」

前の時は、スライムたちが勝手に水から上がってきて、それを捕獲することができた。

普通はどうすればいいのだろうか？

「アリト君と同じように、水中の魔物を倒して餌になるものを岸辺に置いてみてもいいけれど、必ずしもスライムが寄ってくるとは限らないからね。ルーリィがいるから、湖の真ん中くらいで大きな水袋を投下して、引き上げた中に入っているスライムを捕まえる。それから選別してみようと思うんだ。じゃあ、ちょっと行ってくるよ」

そう言うと俺たちを岸に残し、キーリエフさんは颯爽とルーリィに乗って湖の上空へ飛んでいった。

「昨日の夜、あいつが色々作れってうるさくてな。あの袋以外にも、スライムを個別に入れる小さな水袋も大量に作らされたぞ」

ルーリィを見送りつつ、ドルムダさんは欠伸をしながら大きく伸びをした。

先に風呂を上がって正解だったな……。

キーリエフさんに付き合わされたドルムダさんは大変だったろうな。逃げたお詫びに、お昼はお肉が多いサンドイッチを渡そう。

「お、お疲れ様です。でも水袋に都合よくスライムが入りますかね？」

「まあ、この湖は水の魔力濃度がほどほどにあるしな。そういう場所ならスライムはいるから、獲れるんじゃねぇか？　今までスライムなんて意識して探したことはなかったから、実際のところはわからねぇがよ」

ふむ。じゃあ、森や辺境地を流れる川と繋がっている水場なら、ほとんどの場所にスライムはいるのか。実は、この湖の源流は霊山なのかな？

「戻ったよ！　さあ、スライムを選別しようか！　大きな入れ物に水を移すから、全員で魔力を注いでみよう！　自分に寄ってきたスライムをすかさず捕獲だよ」

キーリエフさんはニコニコしながら、ドルムダさんが作ったマジックバッグから大きくて底の浅い盥をいくつも取り出して並べる。

その盥に湖の中央付近ですくってきた水を入れ、俺たちに渡した。

盥に手をかざし、そっと魔力を注いでみる。すると、ゆっくりと水が揺らめいた。

よく見れば、スライムが寄ってきている。どうやら無事にスライムを水ごとすくえていたようだ。

それから、寄ってきたスライムを小さな桶に一匹ずつ入れていく。

その後も何度も水を汲んできて、お昼になる頃には、かなりのスライムを捕獲することができた。

キーリエフさん、ドルムダさん、ゼラスさん、そして俺の誰の魔力にも寄ってこなかったスライムもいくつかいて、それらも別に確保してある。

スライムそれぞれの属性の好みを調べるのは屋敷に戻ってから、ということになった。

キーリエフさんがスライムに夢中になっている間にスープを作り、お弁当用に持ってきたサンドイッチとスープで昼食にした。

「おお！　こりゃあ片手で食べられるのか！　パンが柔らかいし、肉や野菜と一緒に食べるとさらに美味いぞ。俺は料理はやらねぇからなぁ。作り方を聞いても作れないのが、残念でならねぇぜ」

ドルムダさんには、シオガに浸けて焼いた分厚い肉を挟んだサンドイッチを、忘れずに渡した。喜んでもらえて何よりだ。

「さあ、屋敷に戻って研究するのが楽しみだね！　これがきっかけで何か新しいものができるかもしれないよ！　……ああ、これは美味しいね」

キーリエフさんは卵サンドが気に入ったようだ。マヨネーズが好きだからな。

俺は燻して作ったベーコンと野菜を挟んだものを食べている。うん、美味い。

ゼラスさんも満足げに卵サンドを食べていた。この様子を見るに、どうやら卵と乳はこの先も確実に確保できそうだ。

サンドイッチは従来の固いパンだと食べづらいから、旅に出る前に、ゲーリクさんに酵母を使った柔らかいパンの作り方を教わっておこう。

食べ終わった後は、仕分けしたスライムをそれぞれ小さな水袋に入れて屋敷へ戻った。

そして研究所にスライムを運び、どうやってミルたちの好みの属性を特定したかを説明して、やってみせる。

湖からは、俺の魔力を好むスライムを十匹確保できた。ミルたちとは違う属性の魔力を好むやつもいたし、属性に変換しない魔力を好むやつもいた。

「これは面白いね。長い年月を生きてきたけど、スライムにこんな性質があるなんて思いもしなかった。本当にアリト君には感謝だね。ふふふふ。これからどうやって研究しようか考えるだけで楽しいよ」

「……もういいな。俺たちは行くぞ」

笑顔でスライムたちを眺めながら考えにふけるキーリエフさんを置き、ドルムダさんについてその場を退散することができた。

キーリエフさんは満面の笑みなのに、その笑顔を見るとなぜか背筋に悪寒が走ったので、俺もそそくさと研究所を後にしたぞ。

あのまま研究所にいたら、さらに面倒に巻き込まれそうな予感がする。これから何をやらされるか不安だな。

それから俺とドルムダさんは、魔力結晶を使った道具の調整作業をした。これはほぼ日課のようなものだ。

ドルムダさんには調理器具を作ってもらったりもしたが、マジックバッグや結界用の魔力結晶を使った道具などを二人で改良したり、新たな魔道具の開発をしたりもしている。

ドルムダさんは、鍛冶から魔道具作りまで、物を作ることならなんでもござれの人だった。その技術の高さに、さすがドワーフと感心したよ。

俺はオースト爺さんに魔法の基礎を教えてもらった後は、自分で魔法を作り、魔力結晶の魔力で欲しい機能を実現している感じだ。

ほぼ自己流なだけに、ドルムダさんにはかなり興味深いらしい。こんなのを作りたかった、と俺が作りかけの道具を見せて説明すると、ドルムダさんが検討して仕上げてくれる。

その時に、道具の作り方の基礎も教わった。

この、二人で作り上げていく過程が楽しいのだ。

この街に着いて、気がつけばもう一月以上経っているのだが、毎日楽しく過ごせていた。

そういえば、自分のカバンも魔力結晶を付けて改良し、容量を増やしたぞ。これで、倉庫一つ分ほどの荷物を入れることができそうだ。

ちなみに、この世界には魔道具専門の魔法文字や、魔法陣なんてないから、魔力結晶の利用には自分の技術がものをいう。つまり、魔力操作をいかにうまくできるか、だ。

魔力結晶を動力源とする場合、その中に魔力で魔法の効果を焼きつける必要がある。

どこに焼きつけるのかは、使用する魔力結晶によって違う。だからそれを見極めるコツを、ドルムダさんに教わっている、というわけだ。

焼きつける時には、どういう効果なのかを強くハッキリとイメージしなければならないため、自分に使えない魔法の効果の魔道具は作れない。

「他に欲しい魔道具は……冷蔵庫や洗濯機、ドライヤーは魔法を使ったほうが早いからいらないし、コンロはあるしな……。日本で必需品といえる電化製品って、あとは携帯とパソコンだけど、さすがに作るのは無理だしな……」

生活する分には、魔法さえあれば今のところはまったく困っていない。移動だって、急ぐならスノーに乗れば済むことだ。

「やっぱり一番の不満は食事なんだよなぁ。他に欲しい調理器具を考えておくか」

新しいものを作り上げるのは楽しい。次に製作に取りかかる道具を考えながら、わくわくする気持ちを止められないでいた。

でも、とりあえずは、スライムの実験に付き合わないといけないのだろうな……。

◆◆◆

スライムを捕獲に行ってから二日後。

ずっとテンションの高いまま、食堂にも顔を出さずに実験にかかりっきりだったキーリエフさんに、突然呼び出された。

「さあ！　今日は実験に付き合ってもらうよ！　昨日で僕の分の検証は済んだからね！」

俺とドルムダさんは、たった二日で結果を出したというキーリエフさんに驚いた。

「……もう検証が終わったんですか？　さすがですね……」

「こいつはなぁ。一つのことが気になりだすと、解決するまでずーっとそのことしか考えられない頭をしているからよ。まあ俺も、鍛冶をしだしたら終わるまで飲まず食わずだがな！」

あー。だから想像もできないくらいに長い年月を過ごしているのに、オースト爺さんよりも若々しく感じるんだな。

オースト爺さんは『爺さん』という雰囲気があるのに対して、キーリエフさんは『おじさん』という感じなのだ。

オースト爺さんも、俺と一緒にマジックバッグなんかを作っている時は、キーリエフさんと同じく目を輝かせていた。興味を持ったことに集中し始めると、文字通り時を忘れてしまうのだろう。

そんなオースト爺さんと知己のキーリエフさんには、俺だって協力をしたいという思いはある。だから、スライム実験だとしても付き合うにはやぶさかではないのだが。

……何が困るって、キーリエフさんのテンションについていけないんだよな。

そりゃあ俺だって、スライムを見つけた時には、テンションが上がって色々考えたけどさ。

「さあ！　さっさと朝食を食べて移動だよ！」

ニコニコ笑顔で急かされると、少しだけ面倒だと思ってしまうのだ。

今日の朝食は、ゲーリクさんと試行錯誤して作った、ベーキングパウダー入りのホットケーキだ。今朝、卵と乳が届いたのでバターも作り、ふわふわでバターの香りのするホットケーキに仕上げた。

花蜜をたっぷりかけたものと、薄く焼いた生地でハムとベーコンと野菜を巻いたものを用意した。

せっかくの新作料理だから、味わって食べて欲しいんだけどな……。

まあ、キーリエフさんも一口食べた時に、満面の笑みを浮かべていたから、美味しいとは思っているんだろうけど。今はスライム実験のほうに興味関心の比重が掛かっているに違いない。

試作として食べた時は、ゲーリクさんもゼラスさんも、美味しいと絶賛していた。

キーリエフさんも気に入ったみたいだから、この屋敷のメニューに加わることは確定だね！

最近知ったのだけど、俺とゲーリクさんで作っている異世界風料理は、領主館でも出されてかなり好評らしい。

キーリエフさんの息子や孫たちが暮らす領主館とは当然交流があるのだが、そこに料理も含まれているとは知らなかったよ。ゲーリクさんのところには、俺が出入りしない時間帯に、領主館の料理人が教わりにきているそうだ。

そういえば一度だけ、メイド以外の見慣れない人がいるな、と思った時があった。もしかすると、あの人が領主館の料理人だったのかもしれない。

いつか、どこの街でも美味しい料理が食べられるようになればうれしい。

この世界の料理は使う調味料が少ないせいで、味に深みがなかった。これを機に、様々な調味料や食材が取引されるようになって、一般に広まってくれることを祈るばかりだ。

まあ卵や乳のように、生き物の飼育から始めなければならないものもあるので、難しいのはわかっているんだけれどね。

「ほらほら！　食べ終わったら移動するよ！」

つい、ホットケーキとパンケーキを味わいながら目の前の現実から逃避していたら、皿から料理がなくなった瞬間、キーリエフさんに追い立てられてしまった。

連れてこられたのは、研究所がある場所のさらに奥。最初、俺が倉庫だと思っていた建物だ。

建物の中は、区切りのない広い空間になっている。ここは、大きな物を作ったり保管したりする時に使うらしい。

そこに、スライムを入れた小さな容器が、好む人ごと、さらに好きな属性ごとに分けて並べられていた。

俺も、ここには毎日魔力を与えに来ている。もっとも、キーリエフさんは誰か来てもかまわずに夢中で何かをしていたから、どんな検証をしていたのか俺は知らない。

「さあ、これを見てくれ！　ここには、属性のない僕の魔力を好むスライム五匹を入れてある」

鉄製の大きな四角い容器を示されて覗いてみると、一箇所に全てのスライムが集まっていた。

透明なゼリー状の身体が重なり、五匹が一体化したような、大きくて丸い透明な物体に見える。

でも、よく見ると、少しだけ色の濃い核が五個あるのがわかった。

「おっ！　もしかして、五匹がくっついてでっかい一匹のやつになっちまったのかっ！」

「ええっ⁉」

そ、それって凄くないかっ！

「いや。そうなったら面白いなって思って実験したんだけどね。まず、容器の中に僕の魔力を馴染ませた魔力結晶を入れてみたんだ。すると全部のスライムが集まってきてね。ご覧の通り、五匹が重なって、くっついているみたいな姿になったんだよ。面白いのは、触っても個体の区別がつかないことなんだ。でも、魔力結晶を取り出すとバラバラに戻るんだよ」

「えっ！　ちょっと触ってみていいですか？」

つい勢い込んで、スライムを触ってみた。

おおっ！　確かに表面を触っても分かれ目がわからない。五匹の区別がつかないぞ！

ちょっと表面がデコボコしているけど、まるで水まんじゅうみたいだ！

「本当ですね！　すっごく不思議な感触ですっ！」

「ほおー、どれ、俺も。おお、五匹まとまっているって知らなければ、これで一匹だと思うかもしれねぇな！　まあ、まん丸ではないが」

俺の隣でスライムを触り出したドルムダさんも頷いている。

これなら、もしかするとスライム枕とかスライムクッションとかも夢じゃないかも……。

「そうだろう？　それで、この現象がどう起こるか、検証したんだよ。この容器に他の属性の魔力が好きなスライムも追加して、同じことをやってみたんだ。僕の魔力を馴染ませた魔力結晶を入れると、それを好むスライム以外はそこまで近づいて来なかった。だから次に、追加したスライムそれぞれが好む属性を馴染ませた魔力結晶を複数、一箇所にまとめて置いてみたんだ。そうしたら……」

どうなったんだ？　今みたいになったのか？

「魔力結晶のほうに寄ってきたけれど、重なって一体化したりはしなかったんだよ。面白いだろう？」

じゃあ、合体現象が起こるのは、個体の好む魔力が全部同じである時だけ、ってことか？

それって、自然界ではなかなか条件的に揃わないから、目撃されていないんだろうな。

「このことは新発見になると思うんだ！　どうだい、テンションが上がってくるだろう！

それにほら、この状態で魔力結晶を持ち上げると、一体化したスライムごと持ち上げられるんだよ」

そう言うとキーリエフさんは、一番下にある魔力結晶ごとスライムを持ち上げてみせた。五匹に分離することなく、そのままだ！

そっと触ってみると、やっぱりくっついているように感じる。

「でも、さっきも言った通り、一匹になっているわけではないんだ。この性質、何かに使えると思わないかい？」

スライムは基本的に魔力がある場所から動かない。ということは、好みの魔力を馴染ませた魔力結晶を大きな袋に入れて、そこにスライムを詰めれば……。

ま、枕にもクッションにもなりそう、だとっ！

「うっわー、ごめん、ミル、ウル、ラル！　枕にするなら、どの感触がいいかな？　とか考えちゃったよっ！」

ぷにぷにとぶるぶるとぷるぷる。どの感触も捨てがたいな、と一瞬真剣に考えてしまった。

「ああ！　このぷにぷに感を枕にするのかい？　いいね、それは。定期的に魔力を与えれば、スライムは動かないからね！」

「そ、そうなんですけど……。でも心理的に、スライムを頭の下に入れるのは、どうなんですか？」

ミルたちとずっと一緒にいるけれど、取り込むのは魔力だけで、固形物を消化したりはしないようだ。身体も弾力があって液状化はしないから、頭を支えるのは問題ないだろう。だけど、やはり顔の傍にスライムがあるというのは、取り込まれる気がして怖いかもしれない。

「魔力結晶を置いたまま、一日この状態でスライムを放置したけれど、状態や感触は変化しなかったし。大丈夫じゃないのかい？」

スライムは魔物じゃないものな。俺に変な先入観があるだけか……。

でもやっぱり、スライム枕やスライムクッションがあったら欲しいよな。

うう……。ミル、ラル、ウル、ごめんよ。

この研究は止めないでおこう、とそう思った。

「さあ、では次の検証だよ！」

「え、まだあるんですか？　新発見をしたのに？」

「もちろんだよっ！　まだやりたいことはたくさんあるさ！　さあさあ、次をやってみよう！」

思わずドルムダさんと顔を見合わせ、やれやれと肩を落とした。

そういえば、俺たちは検証に協力するために呼ばれたのだった。まだそれを頼まれてなかったよな。

「次のテーマは、スライムはどうやって水分から魔力を取り込んでいるのだろうか？　だよ！」

水分から？

「固形物はさておき、水は吸収しているかもしれない、ってことかよ？」

「そうだよ！　アリト君は旅の間、スライムを魔力で出した水と一緒に袋に入れていたと言っていただろう？　そこで考えたんだ。スライムはその状態で、水に含まれる魔力だけを吸収していたのか、それともアリト君の魔力で出した水そのものを吸収していたのか、とね」

最初にスライムを発見したのは、水棲の魔物を解体していた時だ。魔物のアラに寄ってきて、それにかぶさり魔力を吸収していた。

あの時のアディーの説明では、スライムがアラから魔力を吸収する仕組みがよくわからなかったけれど。

「自然界にある水の場合はどうなのか、魔法で出した水の場合はどうなのか、と色々検討してみたんだよ。ここ三日間のほとんどは、この作業に費やしていたんだよね」

水分は蒸発して自然に減ったりする。スライムが吸収したのか、自然蒸発なのかを検証するのは、中々大変そうだ。

「ではやって見せるよ。このスライムが好きな魔力は、僕の水魔法なんだ。どのような方法で検証するかというと、まず高濃度の僕の魔力を含ませた水球を魔法で出して――」

　水魔法を好むというスライムを左の手のひらに載せたキーリエフさんは、右手の上に直径五十センチほどの水球を作り出した。

「す、凄い魔力操作ですね！　状態を維持するのはかなり難しいのに……」

　水は流れやすい、火は風に揺らぎやすい、風は留まらない――そういうイメージが、魔法を発現させる時に無意識に働いてしまうのだ。

　イメージで発現させた魔法を、水は容器に入れる、火は薪や燃えるものに移す、風は閉ざされた空間の中で、というふうにすれば安定するのだが。

「ふふふ。こんなのは年の功みたいなものだよ。誰でも時間さえかければ、大抵のことはできるようになるものだからね。では、これを使って検証に入るよ」

　そう言うとキーリエフさんは、見るからに濃い魔力を含んでいる右手の水球を、左の手のひらにいるスライムの上にかざした。

　いや、押しつけている？

「スライムは水中のどこにでも発生するから魔物ではない。もちろん、獣でも魔獣でも、ましてや知性ある人でもない。でもアリト君が、自我がないと思われていたスライムに好む魔力の種類がある、つまり選ぶ意志、または本能がある、ということを証明してみせた。……僕はね。スライムは魔力溜まりから生まれる現象の一種だと思ってたんだよ。でも、どうやら違うみたいだ」

俺はアディーから、スライムは魔物じゃないと教わった。

でも、アディーもスライムがどんなものなのかは、詳しくは知らなかったんだよな。

スライムは『生き物』といえるのかさえ不明だったけれど、俺がスライムにも好みの魔力があるってことを証明したから、恐らく『生き物』の分類になるのだろう。

「さあ、見てくれ。スライムが液体からどう魔力を取り込んでいるのか」

そう言うと、右手の水球をさらにぐっと左手のスライムに押しつけた。

「「うおおっ⁉」」

思わずドルムダさんと驚きの声が重なった。

キーリエフさんが作り出した水球は、スライムの五倍ほどの大きさだった。その水球を丸々、スライムの中に押し込んだのだ！

さらにキーリエフさんが圧力を掛けると、一気にぷるんと水球が中に入り込み、すっぽりと包み込まれてしまった。

スライムのぷにぷにと水球が反発するかに見えた直後、一気にスライムが水球の大きさに膨れ上がったのだ。

「す、凄いっ！　どうなっているんですかっ！」

「う、うむ。これは不思議だな。どういうことなんだ、こりゃあ……」

「ふふふふ。驚いただろう？　恐らく、水中にいる時は、少しずつ水を取り込んで魔力を吸収しているのだろうけどね。外部からの圧力がかかれば、一気に身体の中へ入れることができるみたいなんだよ。どうだい、凄い発見だろう？」

スライムは大きくなったが、キーリエフさんの手の上で変わらずにぷるぷるしている。

「もしかしてこの状態から魔力だけ吸収して、水分自体は吐き出されるのですか？　それとも水も魔素に分解されるんですかね？」

「そう、そこなのだよね！　では、こっちのスライムを見てごらん。昨日の朝に、今と同じような大きさの水球を取り込んだスライムだよ。ほら、比べると小さくなっているだろう？　でも容器の中に水分はない。その隣は、井戸の水を水球にして同じ実験をしたスライムでね、そちらには水が容器の底に溜まっているんだ。つまり結論としては、スライムは魔法で発現された物質の場合、全て魔素に分解して取り込んでいる、と言えるだろうね」

「「おおおおおっ⁉」」

これはもしかしたら、世紀の新発見ってヤツなんじゃないのか⁉

アディーでさえ、スライムの生態はよくわからないという口振りだったし。

スライムの生態の一部を明らかにしたのは、キーリエフさんが初めてだろう。

俺が見つけたことなんて、魔力の好みだけだ。そこからここまで発展させるとは……。

しかもこの検証を三日でやったのか。……とんでもない人だな。さすがはオースト爺さんと同年代の親しい友人だ。

エリダナまでの道中、リナさんにキーリエフさんのことは一通り聞いていたけど、今、本当に凄い人だと実感したよ。

「そうそう。この水球を取り込んだ状態のスライム……ちょっと触ってみてくれないか？」

そうだ、大きくなっているんだから感触が気になるよな！　よし。触ってみよう。

「はい！　では、触らせてもらいますね！」

「おう。どれどれ……」

容器に移した、水球を取り込んで何倍もの大きさに膨らんでいるスライムに、ドルムダさんと二人で触れてみる。

「こ、これは……!?」

「うむぅ。こりゃあ……いいな‼」

最初に見せてもらった一体化したスライムは、固めの弾力でぷにぷにだった。

そして今、水球を取り込んで同じくらいの大きさになったスライムの触り心地は……。

「ぷるん、ぷるん……？」

「柔らかい……のに、弾力があるな。おおっ！　引っ張ると変形もするぞ！」

「ね、感触が変わっているだろう？」

そう。ぷにぷにでもぷにぷにでもなく、まるでプリンのようにぷるるんとした柔らかな感じだったのだ！

しかもドルムダさんが手でつまんで引っ張ると、お餅みたいに伸びた。

そう、これはもちもちだ！　ぷにぷにした感触が、もちもちになったのだっ‼

「た、たまらないな。このもちもち感が……」

「おう、もちもち、か。いい得て妙だな」

手を止められない。無言のままドルムダさんと二人、スライムを触りまくる。この感触は、まさしくやめられない、止まらない、だ。

「もちもち、か。いい表現だね。これもさっきアリト君が言っていたように、クッションとかにしたら面白いかもね」

そ、それはいい、かもしれない！

「でも、どれだけの量を一度に取り込めるんですかね？　もし、この何倍も可能だったら……」

もちもちとした感触に包まれて座る、そして寝る。

いい……。とてもいいな、それは。

ついうっとりと顔が蕩けるのがわかった。

「僕もまだ、これ以上の大きさの水球は試してないんだよ。……ちょっと皆で、検証するついでにやってみるかい？」

「……やりましょうか！」

「うむ。や、やるか！」

この時、三人は同じものを思い浮かべたと確信した。それはもちろん、スライムクッションに埋もれた自分だ。

それから検証した結果、最大で直径八十センチくらいの水球を取り込めることがわかった。元が手のひらサイズのスライムだから、さすがにそれ以上は無理なのだろう。

つい、大きくなったスライムに三人で寄りかかってみたりしたのは仕方ないことだよな！

この後も、夢のスライムクッションに向けて、検証が進められたのは当然の流れだった。

第六話　想い

昨日は結局、部屋に戻った後でミルに水球を取り込んでもらって、クッションにしてしまった。……ミル、ごめんな。夢は……夢は捨てられないんだ！

心地よくてうっとりしていたら、すねたスノーに肉球アタックされたよ。

そのあまりの可愛さに、スノーとじゃれてごろごろしながらもふもふした。

「スノーの肉球も最高に癒されるよ！」と言ったのは、本心からだ！

今日はこれからティンファに会う予定だ。キーリエフさんに確認したら、ティンファにもスライムのことを教えていいと許可をもらえた。

ついでに、また畑の様子を一緒に見に行こうと約束している。

スノーとレラルを連れて屋敷を出て、ティンファのおばあさんの家に着いた時、上からふんわりとハーブティーの香りがした。つられるように階段を上り、扉をノックする。

「はーい！」

「ティンファ。少し早かったかな？」

「あ、アリトさん！　いいえ、早くないですよ。どうぞ上がってください。今、お茶を淹れているところですから」

「じゃあ、お邪魔します」

いつものようにスノーとレラルに浄化を掛けて、そのまま上がらせてもらう。

「ああ、アリトさん、いらっしゃい。ゆっくりしていってね」

「お邪魔します。すみません、いきなり来てしまって」

居間へと入ると、ティンファのおばあさん、ファーラさんがいた。

「いいえ。ずっと一人だったから、賑やかなのはうれしいの。だから、いつでもいらしてくださいな。スノーちゃんもレラルちゃんもね」

ふふふ、と穏やかに笑いながら歓迎してくれた。

ファーラさんは、柔らかく微笑むとティンファにそっくりだ。

そのせいかスノーもレラルも、いつの間にか懐いていた。今も尻尾を振りつつファーラさんの足元へ近づいていく。

ファーラさんは二人をほがらかな笑顔で撫でた。

「おばあさん。お茶、ここに置くね。アリトさんたちの分はここに置きます」

ティンファはハーブティーを運んでくるとテーブルに置き、スノーとレラルにも果汁の入った皿を出してくれた。

「ありがとう。あ、そうだ、これ。お菓子を作ったから持ってきたんだ。皆で食べよう」

お土産用に、パンケーキを焼いて持ってきたのだ。カバンから出してティンファに渡す。

食料庫に果物がたくさんあったので、朝食後にゲーリクさんと甘い果物を選んでジャムを作った。

そのジャムも瓶に入れて持ってきている。

「うわあ！　ありがとうございます！　クッキーとスイートポテトもとっても美味しかったです！　これってまた新作ですか？　うれしいです！　今、お皿持ってきますね！」

ティンファがうれしそうに台所へ走っていった。

「ありがとうございます、アリトさん。クッキーとスイートポテト、私も美味しくいただいたわ。あんなに美味しいお菓子を食べたの、初めて」

「喜んでいただけてうれしいです。また違う味のクッキーも持ってきますね」

ファーラさんの嬉しそうな笑顔に、こちらもつられて微笑んでしまった。

「今回のも甘くて凄くいい匂いですね。この瓶に入っているのは何ですか？」

ティンファがお皿に人数分のパンケーキを載せて持ってきてくれた。

「ああ、それはジャムっていうんだ。グラルーを砂糖で煮込んだものだよ。それをこのパンケーキに好みで掛けて食べてみて」

グラルーは、いちごとラズベリーとクランベリーを足して割ったような果実だ。ぷちぷちした赤い実で、食べたら甘酸っぱくて美味しかったから、ゲーリクさんと相談してこれを選んだ。

まあ屋敷に帰ったら、他にも色々なジャムができているかもしれないけどな……。

静かに興奮していたゲーリクさんの姿を思い出す。

俺はジャムは砂糖を入れすぎず、果実の塊が残るくらいが好みだ。そのぶん日持ちはしないけれど、ここでは砂糖が貴重だし多少えぐみもあるので、控えめでいいと思う。

……まあ、屋敷中に甘い匂いが漂って、いつの間にかキーリエフさんまで調理場の扉の前にいたのには驚いたけれど。

もしかしたら今頃、屋敷でもパンケーキ祭りかもしれないな。

甘い物はキーリエフさんもドルムダさんも好きみたいだったし。あ、ゼラスさんも他の人も好きか……。

もしかしたらこの世界には、甘い物が嫌いな人はそんなにいないのかもしれないな。

笑顔のティンファとファーラさん、そしてレラルを見てそう思った。

そういえば俺の祖父母も、小さい頃は砂糖なんて高級品で、甘い物を食べることは誰にとっても贅沢だったって言っていたし。この世界でも、そんな感じなのかな？

パンケーキの上にジャムを載せ、フォークで切って食べてみる。

ティンファとファーラさんも、それに倣(なら)ってジャムを載せて一口食べた。

うん、俺はこのくらいの甘さが好きだ。

「「あ、甘くて美味しい！」」

お、良かった。二人とも蕩けそうな笑顔だ。

俺がハーブティーを飲んでいる間に、パクパクと二人は食べ進め、あっという間に完食してしまった。

「良かった、喜んでもらえたみたいで。あっ、クッキーも残っているから、じゃあこれも出しておくよ」

ふうーっと満足げにため息を漏らした二人が、クッキーを見てまた笑顔になった。

俺はそれを見ながらパンケーキを食べ終える。

「凄いですねー。このパンケーキっていうお菓子にも、バターを使っているんですよね？　卵も使っていますし、なんて贅沢な……でも、とっても美味しかったです。ありがとうございます、アリトさん」

ティンファはそう言って微笑んだ。

「乳と卵が安定して買えるようになったら、もっとお菓子も普及するだろうけどね……」

今屋敷では定期的に届けられているが、それは従魔で空輪（くうゆ）、というこの世界でもかなりの贅沢な手段を用（もち）いているから可能なわけで。

……キーリエフさんもゼラスさんもお菓子をかなり気に入っていたから、そのうち卵と乳の安定供給の方法を考えだしてくれそうだよな。

キーリエフさんが新しい発明や施策（しさく）を打ちだしても、今はもう「キーリエフさんだからな」と思ってしまう。そのくらい凄い人だってことなんだけどさ。

「あっ！　そうだ、アリトさん。私にお話があったのですよね？」

「ああ、そうだね。チランのことでちょっと」

チランは、ティンファのスライムだ。ミルたちと一緒にいたところを捕まえたんだよな。

「チランですか？　では連れてきますね！　あ、レラルちゃんも一緒に行く？」

お腹がいっぱいになってハーブティーを飲んで満足していたら、用件を忘れるところだった。

レラルを抱き上げて、元気に自分の部屋へ行くティンファの後ろ姿を見送る。

「ふふふ。ありがとうございます、アリトさん。ティンファがあんなにうれしそうに笑って……。あの子は、この間初めて顔を合わせた私を、おばあさんって呼んで慕ってくれて。私が息子の訃報を手紙で知った時、訪ねていくべきでしたのに……。でも、その後も結局、私は会いに行きませんでした」

ファーラさんはティンファが消えた扉を、じっと見つめていた。

その横顔は寂しそうで、過ぎた年月を追うような瞳をしている。

ああ、この人は、自分の旦那さんを見送り、息子の訃報を聞き、そして息子の嫁も失ったのか。それなのに、ファーラさん自身は、まだまだ若い見た目のままだ。

そう思うと、混血で寿命がわからないということがどんなものなのか、その一端を知った気がする。

旅の間に、様々な種族の人たちも混血の人たちも見た。孫娘と祖父に見えても、実は夫婦だったという家族もいた。そしてこの街で暮らす家族だって見た。

「臆病すぎたのね、私は。私の父母も、祖父母も、その祖先も。皆、覚悟して、愛する人とともに生きることを望んで紡いできた血筋なのに。ティンファが生まれたことを手紙で知って、また置いていかれると思ってしまった。そんな私が今、こうしてティンファと一緒に暮らして幸せだと感じているのも、申し訳なく思ってしまうわ」

そう、ほとんど聞こえないくらいの声で呟かれた言葉に、今まで見た人たちの笑顔を思い出す。

「……俺も臆病者ですから、先が見えないことに不安になったり、足掻いたりしてしまう気持ちはわかります。どうにもならないことだと、理解しているんですけどね。でも、本当は、一緒に過ごせる時を笑顔でいられたら。それだけでいいのかもしれません……」

『落ち人』なんて関係ない。

ただ、この世界ではない場所で過ごした時間と記憶を持っているだけ。

これから一緒に過ごしたい人たちと、自分も相手も笑って過ごせたら――本当はそれだけで十分なのだろう。

吹っ切れない気持ちもまだあるが、霊山を見てから少しずつ心の奥底から何かが溶け出している気がする。

ふと、ミランの森で読んだ、顔も知らない同郷であろう人の想いが心に浮かぶ。

どんなに嘆いても、どんなに渇望しても、そしてどんなに求めて足掻いても。

『生死』という別れがあるように、世界にはどうにもならない壁がある。

その壁を受け入れたり、向き合ったりすることが、生きていく、ということなのだろう。

オースト爺さんやキーリエフさん、リアーナさんたちの永い時を想う。ずっと前を見続けている人たちのことを。

「……後ろを見て手を伸ばしても、掴むものなどないのについ振り返ってしまう。そんな弱さは俺にもあります。でも……ティンファは今、目の前で笑っていますよ。今、一緒に過ごせる時を見つめるのが、一番いいことだと思います。……あ、すみません。知ったようなことを言ってしまって」

ファーラさんの呟きに、この街に来て、霊山を見て、ずっと頭の隅(すみ)にあった想いが思わず出てしまった。

ティンファの笑顔に癒されているのは、俺も同じだったから。

旅に出る前の、『死の森』で爺さんと暮らしていた時にあった、自分のことがわからないという焦燥(しょうそう)感は、いつの間にか薄らいでいた。そのことに、最近になってやっと気づいたのだ。

確かに自分が『落ち人』だという疎外(そがい)感はあるけれど、今この世界で笑っていられる自分もいる。

「……そうよね。今はあの子がいてくれて、笑顔でおばあさんと呼んでくれる。それだけでいいのね。ありがとう、アリトさん。お蔭であの子に笑顔を返せそうだわ」

つい言葉が出てしまった俺の顔を真っすぐ見つめ、ファーラさんは微笑んでくれた。

その笑顔は、全てを受け入れた人の優しさに溢れていた。

……オースト爺さんに会いたいな。自分の気持ちに整理がついたら、あの家に戻ろう。

あそこは、この世界での俺の故郷だ。

「お待たせしました！　チラン、連れてきましたよ」

レラルを抱っこしたままチランを連れて戻ったティンファを、ファーラさんと二人、笑顔で迎えた。

ティンファに、俺が『落ち人』であることを言えたらと思うのは、聞いて欲しい、知って欲しいと思っているからだ。

あとは自分から一歩を踏み出す勇気なのかもしれないな。

気分を切り替えて、ティンファにキーリエフさんが検証したスライムのことを話す。

ミルで実践してみせると、とても驚いていた。

「えーっ⁉　す、凄いですね、スライムって‼」

もちもちとした触感に変わったミルを、触っては喜んでいる。

「まあ、凄いのはキーリエフさんだよ。あっという間に新発見だから」

「ふふふ。でもあの湖からスライムを連れてきたのはアリトさんですし、好みの魔力があるって気づいたのもアリトさんですよ。それだって凄いじゃないですか。よし、私もちょっとやってみます！」

そう言うと、ティンファは教えた通りに手のひらに水球を生み出した。

ゆっくりと大きさを増す水球を見ていると、直径三十センチくらいで動きが止まる。

「ふう。これが限界ですね。一応、チランの好きな属性の魔力をイメージしてみたんですが……やってみますね！」

水球を浮かべた手と逆の手にチランを載せ、ぐっと押しつける。

「うっ……。な、なんか形が歪むとかわいそうになっちゃいますね」

横に楕円だったチランが、今は縦に伸びている。でも、「えいっ」という掛け声とともに、ティンファは一気に水球をチランへ押し込んだ。

「できましたっ！　うわぁ。これは、き、気持ちいいかもしれません！」

直径三十センチになったチランを両手で持ち、早速とばかりに感触を確かめている。

触ってニマニマとした笑みを浮かべているのは、仕方ないことだろう。

「凄いのね、スライムって。ティンファに紹介された時は、さすがに驚いたのだけれど。でも、触ると癖になるのよね」

ふふふ、とファーラさんも上品に笑いながらティンファの横からチランに触れた。

「あらあら、これは……。いいわね、この感触は。やみつきになりそうね」

皆でチランを見ていたら、膝にスノーの顔が乗ってきた。むう、と不満そうな表情をしていたから、思いっきり撫でまわしたよ。

もう、可愛すぎるよ、うちの子は！

それを見たレラルも撫でて、って顔で来たから、二人とも抱きついて撫でまわしたぞ。

「うふふふ。アリトさん、スノーちゃんとレラルちゃんを撫でている時、本当に蕩けそうな顔をしますよね。そういえば、今日は畑も見に行きたいってことでしたよね？」

「あっ、そうだった。この間見に行ってから少し時間があいたから、今はどんな作物を植えているのか気になっているんだ。一緒に行ってもいいかな？」

「はい！　私の畑も今、植えた薬草の種類が増えたんですよ。ぜひ見てください！」

「もちろんだよ」

チランのことを嬉しそうに触っているファーラさんにそのまま託し、二人で畑へ向かった。

階段を下りると、日はちょうど中天にあった。今からのんびり畑を往復したら、帰るのは夕方頃になるだろう。

ゆっくりと住宅街から郊外へ、二人で並んでキーリエフさんと行った検証の話をしながら歩いていく。

門を出て農業地が見えてきた時に、さっきまで笑顔で話を聞いていたティンファが、ふと寂しそうな顔になった。

「……おばあさん、アリトさんに何か言っていましたか？」

「……聞こえていたかい？」

「いいえ。真面目なことを話している感じだったので、自分の部屋でレラルちゃんと少し時間を置いてから戻りました」

ファーラさんの言葉は、なぜかすうっと胸に入り込み、自分の心の奥底にあるものまですくい上げられてしまった。

何気ない、しかし懺悔のような言葉が、今の俺の心そのもののようで。

この世界に来てから、俺は心を許せる人たちとばかり出会った。この世界をイヤだと思ったこともない。

それなのに、日本への未練はないと言いながら、自分は『落ち人』、この世界にとっては異物だからと言い続けている。

ティンファも、恐らくファーラさんと同じく、寿命のことを気にしているのだろう。

だけど、俺が告げていいかどうか迷い、無言で歩いていると――

「あ、ほら、アリトさん。前に畑に来た時にもいた方たちですよ。私が畑に来る時、いつも見かけるんです。仲良しで、いいですよね」

そう言われて顔を向けると、少年少女の年頃に見える三人組が仲良く農作業をしていた。

あの同世代に見える少年がおじいちゃんと呼ばれて、驚いたのを覚えている。

「……ティンファも、ファーラさんに会って、母親くらいに見えて違和感はなかったのかい？」

「そうですね……。私の父親は、エルフのような耳をしていたって、いつかアリトさんにお話ししましたよね？」

「ああ」

「もう亡くなって何年にもなりますけど、父は母よりも少し年上でしたが、外見的には中年といった感じで。おばあさんと並んだら、父も多分兄妹のように見えたと思います」

ファーラさんの旦那さんは人族の寿命で亡くなったのかもしれないな。そうなると、逝去したのはかなり前の話なのだろう。

ファーラさんだって、様々な種族の血が入っている家系だ。エルフのように成長がほぼ止まっていても、寿命もエルフと同じとは限らないのかもしれない。

だって、外見はエルフ系に見える息子が、自分よりも遥かに早く亡くなるなんて……。

「祖父は人族の血が強くて、父が成人する前に亡くなったと聞きました。父は祖父の血が出たのだと思います。確かにおばあさんに会った時、とまどいはありましたよ。でも……。笑い方が覚えている父にそっくりで……。私と会って、泣き笑いのような表情を浮かべたおばあさんを見て、この人が父のお母さんなんだな、って」

この世界では、特にこの国では、ティンファの家族みたいなことはありふれた出来事なのだろう。

それでも、すぐに受け入れるのは難しい。

「……ティンファの笑い方も、ファーラさんにそっくりだよ」

「本当ですか？　……なんだか、とてもうれしいです」

そう言ってくすぐったそうに笑ったティンファの顔が、別れる前に見たファーラさんの笑顔と重なる。

「……できたら、私だけでもおばあさんを置いていきたくないんですが……これぱっかりはわかりませんから、仕方ないですよね」

そう言いながらキレイに微笑むのを見て、ティンファは強いな、と思う。

全てをあるがまま、覚悟を持って受け入れる。

それは、恐らく一番難しいことだ。

自分自身のことさえ、何の確証もないのだから。

ああ……。不確かだからこそ、ティンファは今を大事に想い、真っすぐな瞳で笑っているのか。

凄いな、ティンファは。

そして、とても綺麗だ。

「……なあ、ティンファ。俺も実は、この外見でも年齢はもっと上だと言ったらどう思う？」

「ふふふ。なんだか納得しちゃいますよ。私、アリトさんのことは見た目通りの年下には、最初から見えていませんでした。リナさんも、口で言うほど子供だとは思っていませんよ、きっと。リナさんはエルフなので、年齢に対する感覚が私とはちょっと違うのかもしれませんが」

気がついたら言葉が口から出ていた。

あっと思った時には、ティンファが驚きもせずにそう言って笑う顔が目に入って、ただ呆然と彼女の言葉を聞いていた。

そうか。ティンファは、俺に恩があるからずっと『アリトさん』と呼んでいたわけではなかったのか。

振り返ってみれば、リナさんは王都からエリダナまでの旅の間、あまり子供扱いしていなかったように思う。普通に、一人の旅の仲間として過ごしていた。

「だから、私はアリトさんが見た目通りの年齢じゃなくても、何も気にしませんよ？　多分リナさんだって。私はアリトさんだから、一緒にいられて楽しいと思うし、アリトさんがこの街から出ることになったらとても寂しいし、そうなっても連絡を取り合いたいなと思っています。ね、何も変わりませんよ？」

ガリードさんたちからも、「アリトだから」と言われた。その言葉を言った時、もしかしてガリードさんたちも、今のティンファと同じ気持ちだったのだろうか。

俺にどんな事情があろうと、俺が俺だから、ずっと付き合いたいと思ってくれている、と。

俺がガリードさんたちと十歳くらいしか変わらないと知っても、笑って背中を叩いて、乱暴に頭を撫でてくれる姿が浮かんだ。

ああ……。本当に、俺はこの世界に来てから運がいい。

倉持匠さん。貴方も旅の間にこの世界を見て、ここでありのままを受け入れて生きていく、という選択肢に心が惹かれたこともあった。でも、貴方は向こうに置いてきた心が重すぎたのだ。

『今これを読んでいる貴方がこの世界での繋がりを持ち、それを大切に想えるなら、どうあっても不毛(ふもう)であろう「落ち人」へのこだわりを捨てて、楽しく生きることを望む』

そう書き残してくれた言葉が、今になって本当に身に染みる。

……考えよう。俺が、これからどうするのかを。

目を逸らさずに、自分の心を見定めよう。

そして心が決まったら……。

「ティンファには、いつか俺のことを全て話すよ。もう少しだけ、待っていてくれないか？」

そう、もう少しだけ……。まだ今は、あと一歩を踏み出す勇気がないから。

「はい。待っています。いつまででも。私は、今のアリトさんのことが好きですよ。でも、アリトさんのことをもっと知れたら、うれしいです」

そう言って微笑むティンファの姿が眩しすぎて、つい視線を逸らしてしまった。その慈愛に満ちた笑顔が、とても美しすぎて……。

今の俺のことが好き、か。

俺が気にしているのは全て過去のことだ。ティンファはきっと、俺の過去を知っても変わらないだろう。

「「あっ⁉」」

ふと、今言われた『好き』という言葉に気が向いてしまった。

声が重なって顔を上げると、赤い顔をしてわたわたしているティンファの姿があった。

いや、俺の顔のほうが赤いかもしれないけれど‼

「え、えーっと！　わ、私はレラルちゃんもスノーちゃんも好きです！　もちろん、アディーさんも、皆のことが大好きです！」

「あ、ああ。そうだな。俺も皆のことは好き、だよ」

なんか咄嗟にフォローしたつもりで出た言葉に、さらに顔が熱くなったのを感じて、お互いに視線があらぬ方へ向かう。

『スノーも！　スノーもアリトのこと大好きなの！　レラルも好き。アディーも、ティンファも好きだよ？』

『わたしも皆のこと好きだよ！　アリトもおねえちゃんも、ティンファも、アディーも、リナも皆好き！　もちろんリアーナも大好きだよ！』

この空気は一体どうしたらいいのかと思っていたら、可愛すぎる言葉とともにスノーとレラルに飛びつかれた。

「スノーもレラルも皆のこと好きか！　うれしいよ、ありがとう！」

「私のことも好きでいてくれるのね。ありがとう、うれしいわ」

押し倒されて、胸元へぐりぐりとスノーとレラルに頭をすり寄せられ、うれしくなって思いっきり抱きしめた。もちろん全身を撫でまくる！

ティンファもそんな俺たちを見ると、しゃがんでレラルとスノーの頭を撫でた。

ああ、なんか幸せだな。

心と胸に温もりを感じていると、気がつけば声を上げて笑っていた。

ずっとこんな日が続けばいいよな。

思う存分じゃれた後、立ち上がって土で汚れた身体に浄化を掛け、歩きだした。

ふとティンファと目が合うと少し顔が熱くなり、しばらく視線を逸らす……ということを繰り返しつつ、やがて農地へとたどり着く。

前回、ティンファがお手伝いをしているノールさんの蒔(ま)いた種は芽(め)が出て大きくなっており、隣の休ませていた畑は綺麗に整えられている。すでに次の種が蒔かれているようだ。

「へえ。もう次の種を蒔いてあるんだな。今度はどんな野菜だろう」

「ふふふ。少しだけですが魔法で成長を促進できるので、畑の回転は速いのです。エルフの人たちは、植物系の魔法が得意ですから。でも、ずっと畑を使っていると育ちが悪くなるので、植える種類を変えながら何度か採り終わったら休ませています」

　やっぱり輪作が導入されているのか。

「へえー。成長促進しながらなんだね。凄いよ。確かに街を歩くと、いつもたくさんの種類の野菜が売られているよね。屋敷の食糧庫にもいつでも豊富にあるし」

「ええ。私の村では、さすがにそこまで採れませんでしたから、貯蔵できる野菜とすぐ食べる野菜とを交互に作っていたんですよ」

　一回ずつ作ったら休みにして、また作るって感じなのか。きっとそれが普通なのだろう。

「そういえば、ティンファが暮らしていた村のことはあんまり聞いてなかったよね」

「確かにそうですね。私の村は、農業か木工業のどちらかで生計を立てている人ばかりです。父は木工を、母は木工と研究と薬師もしていました。子供の頃に父が亡くなり、私は村長さんにこの耳のことで庇ってもらったりしていたんです。村の人たちは皆いい人で、私を他の子と同じく可愛がってくれましたが、木工を買いに来る商人もそれなりに訪れるので」

……そうだよな。街が危険なのは人目が多いからだけど、人の少ない村だって危ない。特に外部の人が来た時などは、村の外れの家で一人きりなんて、襲ってくれといわんばかりだ。

無事に過ごせていても、ティンファが何も気にせず暮らしていたはずがない。

「そうか……。良かったら、ティンファの村のこととか教えてくれないか？　俺は爺さんと二人きりで森の傍で暮らしていたから、村の暮らしは知らないんだ。近くの村へも、たまに買い出しに行くだけだったし」

「アリトさんは村の外で暮らしていたのでしたね。じゃあ私の畑に着くまで、村でのことを話しますね。木工が盛(さか)んなだけの田舎(いなか)ですけど」

優しい微笑みを浮かべながら話すティンファの横顔を見つめ、いい村のようで良かったと思った。

それからティンファの畑までのんびり話しながら歩く。

畑に生(お)い茂(しげ)る薬草やハーブを見て凄いとティンファに伝えると、うれしそうにしていたよ。

畑の世話をし、ティンファにハーブティー用の香草を分けてもらってから街に引き返した。

日暮れ前だからか、まだ畑で作業を続けている人もいる。

こうして街の人たちを見ていると、俺はこの世界に来てから、普通の住民の暮らしぶりを知らないことに気がつく。

オウル村へは何度も行ったが、俺と爺さんは村の人からしたら援助してくれる偉い人という感じだったので、どこか距離を置かれていた。

人々がどんな暮らしをしているか、今まで気にする余裕がなかったし、旅に出てからも騒ぎを起こさずに移動することを優先していた。

王都でも図書館通いや買い物には行ったけど、どういう風に人が生活しているのかまでは見ておらず、給金の相場なども知らない。

「……考えてみれば、こんなに目的もなく街にゆっくりと滞在しているのは初めてだな」

今まで精神的に余裕がなかったのだろうな。

オースト爺さんと森にいた時も、常に『落ち人』だという意識と焦燥感が頭のどこかにあって、何かに追われるように暮らしていたと思う。早く「普通」にならなくては、と。

「そうなんですか？　私はアリトさんと街にいられてうれしいです。おばあさんがいて、アリトさんがいて、こうしてエリダナの街で暮らしているなんて、母が亡くなった時には想像もできませんでした」

ティンファも俺と同じなんだな。耳のことで、ずっと警戒しながら生きてきた。

今も俺の作った帽子で隠しているだけで、誰かに耳を見られたら狙われる可能性があるのだ。

俺の秘密は、自分からボロを出さなければバレないけれど。

「ティンファがこの街で楽しく暮らせているのなら、俺もうれしいよ。俺でよければ、いつでも頼って欲しい。……旅もまだこの先どうするか、決めていないし」

北へ行く覚悟も、このまま北へ行かずオースト爺さんのところへ帰る決心もいまだにつかない。あるいはこのまま旅を続け、自分の住む場所を探す決意も。

「ふふふ。うれしいです。もしアリトさんが旅に出るのなら……」

「ん？　ティンファ、今なんて言ったんだ？　最後のほうが聞こえなかったから、もう一度言ってくれないか？」

ティンファが最後に呟いた声が、俺の耳まで届かずに風に消えた。

「ううん、いいんです。アリトさんがこれからどうするか決めたら、絶対すぐに教えてくださいね！」

「ああ、もちろんだよ。別に急いでいるわけでもないからね。旅に出ると決めても早くに街を出るということはないと思うよ」

「はい！」

キーリエフさんとドルムダさんの興味は、まだまだ尽きないようだしな。俺も楽しんでいるけど。

「なあ、ティンファ。今度暇な時に屋敷に来ないか？　一緒にお菓子作りをどうかな、って思っているんだけど。キーリエフさんには言っておくから」

旅立つ予定はまだ決まっていないと告げた時、ティンファがとてもうれしそうな顔になったのを見て、つい誘いたくなった。

「本当ですか！　アリトさんが持ってきてくれるお菓子、どれもとっても美味しいからうれしいです！　じゃあ、来週あたりにお邪魔しますね」

「わかった。ゲーリクさんにも伝えておくよ」

それからも他愛もない話をしながら歩き、ティンファをおばあさんの家まで送り届けて別れた。

その帰り道。夕暮れの街の中を、通りを行き交う人や店の売り子の様子を見ながら歩く。

北の辺境地へ行き、倉持匠さんの足跡を追って『落ち人』について知ることができても、あるいは結局何もわからなくても、俺はここで、この世界でずっと生きていくんだ。

なんだかやっと、そのことを実感した気がする。

俺はもふもふとのんびりスローライフできたらいいと思っているけれど、それはこの世界で今後も生きていくということだ。客人としてではなく、自分の人生として。

『ねえ、アリト。さっきティンファ、アリトが旅に出るのなら、私も一緒に行けたらなって言ってたよ。アリト、ティンファもまた一緒に旅に出るの？　わたしもティンファとずっと一緒だったらうれしいな！』

「えっ！　さっきの俺が聞き取れなかったティンファの言葉、レラルには聞こえていたのか？」

『スノーも聞こえたよ？　ティンファ、そう言ってたの。スノーもティンファは嫌いじゃないから、一緒でもいいよ？』

「うわっ、スノーまでっ！　そ、そっか……ティンファが俺と一緒に旅に出たいって」

それって、この街にいたくない、ってことではないよな。楽しいって言っていたし。

じゃあ……。

も、もしかして、俺とずっと一緒にいたい、とか？

『うわー、アリト、真っ赤だよ。どうしたの、何かあったの？』

『うん、アリト、真っ赤なの！』

「えっ、だってティンファがもしかして俺とって……ええっ⁉」

つい、さっきのティンファの「好き」という言葉が浮かんでしまった。

茹で上がっているであろう顔を気にしてなどいられず、レラルとスノーの言葉に応える余裕もない。

「いやいや、きっと俺の思い込みだよな！　直接そう言われたわけでもないし。うん、そうだよ。勘違いって可能性もあれば、そんな深い意味なんてないのかもしれないし！」

どうにか顔に集まった熱を散らそうと頭を振っても、浮かぶのはティンファの笑顔で。

『アリト、変なの！』

『うん、アリト、変だよ！　頭ブンブン振って、何やっているの？』

心配して足元にすり寄るスノーとレラルを、しゃがんで撫でて気持ちを落ち着かせると、なんとか屋敷に戻ったのだった。

玄関で出迎えてくれたゼラスさんが生暖かい笑みを浮かべていたのは、気にしたらダメなんだ！


それからゲーリクさんと夕食の支度をし、夕食の席でキーリエフさんに、ティンファが屋敷に遊びにくる許可を貰うことができた。

そのことを手紙に書いて、アディーに頼みティンファのところへ届けてもらう。

戻ってきた返事には、四日後の午後と書いてあった。

「四日後、か……。俺、いつもと変わらずティンファと顔を合わせられるかな？」

帰り道はなんとか普通に話せたけど……。ふ、普通に話せていたよな？

屋敷に戻ってからも、何をしていてもふいにティンファの顔がよぎる。

ついスノーのブラッシングの手を止め、ぎゅっと抱きついてわしゃわしゃとかき回してしまった。

『わーい、アリト！　もっとなでなでして！』

『わたしも！　アリト、レラルもなでなでして！』

そう言って飛び掛かってきて俺の顔を舐めたスノーとレラルを、一緒に転がって撫でまくった。

◆　◆　◆

次の日も街へ出た。

市場や工房などを、暮らす人たちの顔を見ながら目的もなく歩く。

商品の売り込みに声を張り上げる人、一心不乱（いっしんふらん）に槌（つち）を振る人。

急ぎ足で道を歩く人、足を止め買い物をしている人。

そこには笑顔も困った顔もある。

そんな人々の暮らしを、しっかりと目に焼きつけた。

「そうだ、商人ギルドへ寄ろう。手紙が来ているかもしれない」

エリダナの街へ着いて一度手紙を受け取ったが、そのまま引き続き手紙の保管を頼んである。

ガリードさんたちから届いていた手紙には、約束通りそれぞれにお礼の手紙を出した。

その返事が来ている可能性がある。

「リナさんからも手紙が届いているかもしれないな」

急ぎならモランが来るだろうけれど、連絡や報告なら手紙でよこすだろう。

そう思って商人ギルドへの道を歩いていると――

『アリト！　少し先の路地に、悪意を持った人の気配があるの。それに……ティンファの気配も』

「ええっ！　もしかしてティンファが、路地裏に連れ込まれているのかっ！　スノー、急いで案内してくれ！」

『アリト、ちょうどいい。そこからすぐの路地裏でティンファが男に絡まれている。すぐ向かってくれ』

走りだした直後、アディーからも連絡が来た。アディーもティンファを見ていてくれたのだ。

「やめてください。人を呼びますよ」

「ガハハハハ！　こんなところで叫んだって聞こえねぇよ。誰かを呼んだとしても、そいつが来るより俺たちがお前を連れ去るほうが早いぜ。お前の耳には気づいているんだ。大人しく捕まりな」

「やめないなら、覚悟してください」

路地裏に走って飛び込むと、ティンファと彼女を囲む二人の男の姿が見えた。

俺が声を上げようとした瞬間――

「ピィーーーーーーーーッ‼」

かん高い、とても大きな音が路地裏に響いた。スノーまでビクッとして、一瞬足が止まる。

「うわっ、何やったんだお前っ！　それを止めろっ！」

男の荒らげた声に驚いてティンファを見ると、ティンファが手に何かを持っているのが見えた。

その何かが、この音の原因なのだろうか。

「止めるわけないじゃないですか。これを聞いてすぐに人が来ますよ。早くここから立ち去ってください」

「なっ！　くそっ、お前っ！」

男の手がティンファに伸びるのが見え、慌てて声を上げる。

「ティンファッ！　大丈夫かっ！」

「アリトさん？」

男たちの間から、驚いたようにこちらを見るティンファの姿に、少し安堵しながら口を開いた。

「お前たち、何をやっているんだ！　ティンファから手を放せ！」

「グガァウッ！」

俺の隣で、スノーが威嚇の声を上げる。

ここでスノーに男たちを襲わせるのは簡単だが、騒ぎになって街の人々にスノーを警戒されても面倒だ。

「くそっ！　ガキかと思ったら、従魔を連れてやがる。仕方ねぇ、ひくぞっ！」

二人の男たちはスノーの姿に気づくと、すぐに連れだって路地のさらに奥へと駆けていった。

『あの人たちのこと、追って捕まえるの？』

「いいや、ありがとう、スノー。街中で事を荒立てるのも面倒だから、もういいよ。それとも捕まえたほうがいいかな、ティンファ」

「アリトさん！　スノーちゃん、レラルちゃんも！　助けてくれて、ありがとうございます。追わなくていいですよ。顔は覚えましたし、警備兵の人に言っておきます」

そう言ってティンファは、心配そうに駆け寄ったレラルを抱き上げた。

その姿を見て、ティンファがあまり動揺していないことに気づく。

こうして襲われるのは、今回が初めてではないのだろう。

正直、俺のほうが動揺している。

俺の様子に気づいたのか、ティンファは安心させるように笑みを浮かべ、手に持っていた道具を見せてくれた。

「これ、おばあさんが持たせてくれたんです。これで音を出すと人が来てくれますから、今までも大事(おおごと)にはなってないですよ。あっ、すみません、もう大丈夫です。ありがとうございました」

後ろを振り向くと、さっきの音で集まってきたのか、通りのほうから人が覗いていた。

それに気づいたティンファが声を掛けて頭を下げると、「気をつけてな！」と言い残して散っていく。

その様子さえ慣れているように見えて、やはり何度かこういうことがあったのだとわかった。

アディーも常に見守っているわけではないし、建物の中へ入れば見失うこともあっただろうからな……。

「ティンファ……」

「大丈夫ですよ、アリトさん。とりあえず、アリトさんに時間があるなら、お店に入ってお茶でも飲みませんか？」

逆にティンファに気を遣(つか)われてしまい、情けなさを感じた。

「ティンファこそ、もう用事が済んだのなら送っていくよ。この後に何かあるのだったら、俺はただ街中を歩いていただけだから、付き添うよ」

せめてそれくらいはさせて欲しい。俺にできることは限られているとわかってはいても。

「ふふふ。ありがとうございます。じゃあ、もう帰りますから送ってもらえますか？　帰りながらお話をしますね」

「ああ」

心配そうにティンファの胸にすり寄るレラルを撫でながら、ティンファは通りを歩き出した。俺はその横に並び、スノーも俺とは反対側に並ぶ。

「実は、村にいた時にもこういうことは何度もあったんです。でもエリダナでは、アリトさんにいただいた帽子をいつも被っているので、こんなに人が多いのにまだ三回目なんですよ。だからアリトさん、心配しないでください。キーリエフさんが気に掛けてくださって、警備兵の人たちも良くしてくれています。助けを呼ぶと、いつもすぐに来てくれますし。今日はふいに腕を掴まれて路地に連れ込まれてしまったので、ちょっと運が悪かったですけど」

村にいた時から何度もこんな危ない目に遭(あ)っていた？

……なのに、なんでティンファは、こうやって笑っていられるんだ。

「……どうして、俺に言ってくれなかったんだ？　俺じゃ頼りないなら、アディーにティンファとずっと一緒にいてくれるようにお願いを……」

「いいえ！　頼りなくなんてありません！　アリトさんにはとても感謝しています。この街まで無事に旅をすることもできましたし、いつも気に掛けてもらっています。それに……ずっと、どこにでもついて来てもらうわけにはいきませんから。前に言った通り、私はこの耳を誇りに思っています。だから、これは自分でどうにかしないといけないことなんです」

俺の言葉を遮(さえぎ)って、そうキッパリと言い切ったティンファに、何も言うことができなかった。

ティンファが狙われる原因は、見たら一目でわかる精霊族の特徴を持つ耳だ。だから、一生つきまとう問題に違いない。

確かにティンファとずっと一緒にいられるわけではないし、自分の問題だと言われれば、俺に口を出す権利などないのだろう。

けれど……。

ずっと一緒、か……。

そう思った時、昨日ティンファが呟いた言葉、レラルとスノーが聞いた「旅に出るのなら、私も一緒に行けたらな」という言葉がよみがえる。

ティンファが俺とずっと一緒にいたいと思ってくれるのならば……。

いや、違う。俺がどうしたいのか、だ。

これからも旅を続けるのか、それともオースト爺さんのところに戻るのか、別の場所に落ち着いてスローライフを目指すのか。

これからの旅を考えた時、ふっと森の中をスノーとアディー、そしてレラルと一緒に歩いている自分の姿が頭に浮かび、物足りなさを感じてしまった。

そこにティンファの姿はない。

そのことを、寂しい、と思った。

俺は、ティンファとずっと一緒にいたいと思っているのか。

ティンファには、俺のことを全て、生まれた世界のことも含めて知って欲しいと。

そしてティンファにはそれを受け入れて、いつものように笑顔を向けて欲しいと。

ずっと一緒にいたいと思ったのは、そういえばティンファが初めてだ。

祖父母が先に逝くのは仕方ないと諦めていた。

オースト爺さんはもう一人の祖父のように親しみを覚えるけど、ずっと何もかも一緒に、とは思わない。

ガリードさんたちもそうだ。ずっと一緒にいたいと、傍にいて欲しいとは思わなかった。

リナさんも、一緒に旅をするのは楽しかったけど……。

まだこの先どうするか答えは出ないのに、どの選択をしても隣にティンファがいてくれたら、と望んでいる自分がいる。

「ティンファ。俺はまだ、これから先どうするか決めてないんだ。でも……俺はティンファとずっと一緒にいたい。我儘だってわかっているけど、ティンファが危ない目に遭うのはイヤなんだ」

　こうやってハッキリと口に出してまで何かを望んだことは、オースト爺さんに自衛のための力を望んだ時以来、二度目だ。

「アリトさん……。私は、アリトさんの負担になりたくは……」

「負担なんかじゃないよ。俺がそうしたいんだ。……ティンファは俺とずっと一緒はイヤかな？」

「いいえ！　……私は、うれしいです。私のほうこそ、ずっと一緒にいられたら、って思っていました。あの、思い出の詰まった家から連れ出してくれた時から、ずっと」

　言い終わる前に恥ずかしさでつい逸らしてしまった視線を、ティンファの言葉を聞いて彼女に戻す。

　そうして見た儚さの漂う笑みに、目を奪われた。

「俺もうれしいよ。ティンファがそんな風に思ってくれていたなんて。……ここまで言っておいて卑怯だと思うけど、これからどうするかを決めてから、ティンファには俺の全てを話すよ。だからティンファも、俺の話を聞いてから、ティンファがこれからどうしたいか決めて欲しい」

今の自分の精一杯の気持ちを、今度はちゃんと目を見て告げる。

今ティンファに話してしまったら、俺は一人で決意できないと思う。ティンファの意見を聞きたくなるし、それによって答えが変わるかもしれない。

でも、これは自分自身で決めなければいけないことだから。

……俺はまったく強くなってなんかいないな。ティンファのほうが何倍も強い。

「はい。私も、アリトさんが、ご自分のことを私に教えてくれるのを」

待っていますね。アリトさんがずっと一緒にいたいと言ってくれて、とてもうれしいです。

そう言って今度は優しい笑みを浮かべたティンファを見て、俺はティンファのことが好きなんだな、と思った。

「うん、あんまり待たせないと思うよ」

本当に不思議だ。この世界に落ちてくる前は、ずっと一人で生きていくのだと思っていた。

好きな人と、ずっと一緒にいる。

自分にそれができるとは思えなかったから。

誰かと深く付き合うことも、向き合うこともせずに、いつ消えてしまってもいいように過ごしていた。

でもこの世界に落ちてきてから、俺のことを想ってくれる人も、俺が大切だと想える人たちもできた。そしてこれからずっと一緒にいたいと思える人も。

なあ、倉持匠さん。俺はこの世界に落ちてきて、幸せに暮らしていける。

でも……。

あの石碑（せきひ）と紙の束（たば）に、俺はどこか救われた。落ちてきたのは、俺一人じゃなかったと。

だから、貴方の遺（のこ）したものを、確かめに行くよ。

あの石碑を読んだ者として。

第七話　決心

ティンファをおばあさんの家まで送り、俺は予定通りに商人ギルドへ行って手紙を受け取ってから屋敷に戻った。

手紙はガリードさんたちからと、リナさんから。それとオースト爺さんの鳥も戻ってきていた。

それらの手紙を寝る前に部屋でゆっくりと読む。スノーのお腹に背を預け、隣にはケットシー姿のレラルが座っていた。

ガリードさんたちとオースト爺さんの手紙には、近況の報告と俺を気遣う言葉が書かれていた。

リナさんからの手紙には、今後のことを考えるために、しばらく森のエルフの集落で暮らすことにしたとある。

リナさんも、これからの自分の生きる道を見つめようとしているのだろう。

手紙を読み終えた後、俺もこれからのことを考えた。

ティンファと一緒に、という未来を見つめる前に、やらなければならないことがある。

『……アリト、大丈夫？　どこか痛いの？　病気？』

「ん？　俺は大丈夫だよ、スノー。ちょっとこれからのことを考えていたんだ」

深刻(しんこく)な顔をしていたのか、スノーに心配されてしまった。

「んん？　また旅に出るの？　今度はどこに行くの？」

「……そうだな。北へ。ここから森を抜けて、北の辺境地へ行くよ。倉持匠さんの手がかりを探しに。それが見つかったら一度、オースト爺さんのところへ戻ろう。『落ち人』の手がかりを探す旅は、それで終わりだ」

この旅を終わらせて、自分が『落ち人』であることへのこだわりは捨てる。

倉持匠さんの残してくれているだろう手がかりで、『落ち人』のことがわかっても、わからなくても。

この世界で、違う世界で生まれた『落ち人』として生きていくのだ。

寿命がわからないことは仕方がない、そういうものだと思うことにしよう。

だって、ティンファは真っすぐ前を見て笑っているから。俺もその隣で笑っていたい。

『……決めたのか、アリト。いつ出るんだ？』

『すぐ行くんじゃないの？』

「アディー、スノー。うん、決めたよ。でも、すぐには行けないな。キーリエフさんとドルムダさんと一緒にやっていることを、とりあえず完成させなきゃ。あとはティンファに俺自身のことを話して……」

旅の目的地は北の辺境地。そして旅路(たびじ)は、森を進むことになる。

ティンファには負担が大きいから、一緒に連れては行けないだろう。

だからティンファに俺のことを告げて受け入れてもらえたら、このエリダナで待っていてもらおう。

北の辺境地でのことが終わった後、オースト爺さんのもとへ戻る時に、ここに迎えに寄ろう。

まぁ、実際に決めるのはティンファだけどな。

とりあえず全て話してから、だ……。

『ふん。やっと少しはマシな顔をするようになったな。……ティンファのことは、この街にいる間は目を離さないでいてやる。お前が出歩く時は、自分でどうにかしろ』

「ありがとう、アディー！」

やっぱり普段は厳しくても、アディーは優しいな。

そんなアディーに少しは認めてもらえたようで、うれしくなった。

『スノーがいるから、アリトはどこに行っても大丈夫なの！　レラルも私が守るの！』

「ありがとう、おねえちゃん！　わたしも、アリトを守れるように頑張るよ！」

「ありがとう。スノーもアディーもレラルもいてくれるから、俺はいつも幸せだよ！」

俺は決して一人じゃない。だからもう大丈夫。

ただ……。

受け止めに行きますね、倉持匠さん。

貴方の、全ての想いを。

俺はこの世界で楽しく生きることを選択したけれど、元の世界のことを断ち切れなかった貴方の想いを少しだけでも理解したいから。

踏ん切りはついたが、このまま北へ行かずにオースト爺さんのもとへ戻るのは、やはり違う気がするのだ。

しっかりと元の世界と決別するために、行かなければならないと思う。

『スノーも！　アリトと一緒だと、スノーも幸せなの！』

「わたしも！　わたしもアリトと一緒に来て、今、とっても幸せだよ！　おねえちゃんもできたし！」

「ふふふ、ありがとう、スノー、レラル。じゃあ、今夜は皆で一緒に寝ようか！」

「『わーい‼』」

その後は、大きくなったスノーにレラルと二人で上り、全身でじゃれてからスノーのお腹で寝た。スノーは尻尾で俺とレラルを包んでくれて、とてもいい夢を見ることができた。

◆　◆　◆

翌日、食堂で朝食をとりながら、早速キーリエフさんとドルムダさんに今後の予定を決めたことを伝えた。

アディーにはティンファの家に、手紙を届けてもらっている。この屋敷で一緒にお菓子を作るという約束をしてあったので、その日に自分のことを話すと書いた。

「そうか……。寂しくなるけど、これで最後ってわけでもないからね。僕がルーリィでオーストのところへ行ってもいいし。また、この街にも来てくれるんだろう？」

食後のお茶を一口飲んで、キーリエフさんはそう言った。

「はい！　また、遊びに来ます。スノーもいるし、すぐに来られますからね！」

「ふふふ。そうだね。いつでも遊びにおいで」

　スノーにひとっ走りしてもらえば、好きな時に、好きな場所へ自由に行ける。

「まあ、仕方ねぇなぁ。でもよ、また新しい道具を思いついたら、知らせてくれよ！　俺のところに来るのも歓迎するが、知らせをくれればどこにだって行くからな！　オーストのところへも、ロクスを迎えによこしてもらえればすぐだ！」

　オースト爺さんの知り合いなら、いくらでも『死の森』へ来られるのだ。あの森に住んでも、外と隔絶されるわけではない。

「はい！　今作っているのを頑張って仕上げてから旅に出ますので、そこは安心してください」

「……アリト。お前の知っている料理、材料のないものでもレシピだけ書いていけ。それと、ない食材は、どんな味だかも説明をしてくれ」

「ゲーリクさん……。わかりました！　では時間がある時に、食糧庫のものを使って作れそうな料理を思いつくだけ作りますね！」

「それはうれしいね！　ゼラス！　どんどん食材を手配してくれ！　近隣で作られている種類を全部揃えろ」

「はい、承知いたしました。空から買い出し部隊を手配いたします」

「えっ……」

　そ、そこまでっ！　一番大事になったのは、もしかして実は料理だったのかっ⁉

「いや、アリト君。美味しい料理は、誰もが求めるものだよ。君が最初にドルムダと作った調理道具は息子の屋敷でも好評でね。ドルムダにドワーフの工房に話をつけてもらって、すでに量産の手配をしているんだ。それ以外のものも、段階を見て広めていくつもりだよ。アリト君のことは決して公表しないから、そこは心配しないでね」

「はい。ありがとうございます。……でも、そんなことになっているんですね」

領主館から料理人が修業に来ているけど、器具まですでに量産の手配済みだったんだ。

驚いていると、ドルムダさんが豪快に笑う。

「なーに言っているんだ！　あのリバーシもな、領主館に来た客の間で評判になってるぞ。とっくにあちこちの工房に生産の手配をしてある。ここは木工の得意なエルフの国だからな。お家芸なだけに、凝った装飾を施したものなんかもあるぞ」

「ええっ！　さ、さすがリバーシ……」

広がるのが早すぎる。確かに、最初に作ったものだけどさ。

……もしかして、街でもう売っているのか？　見たことがないけれど。

広めていいか？　と聞かれた時、利権を取らないで広めるならかまわないと答えた。俺にいくらかアイデア料を払うという話にもなったんだけど、お金よりも食糧庫の食材を自由に使わせてもらうことにしたのだ。

「だが、まだ店には並んでないぞ。とりあえず、上流階級からだな。ああ、心配すんな。

ちゃんと利権はなしにしてあるからよ！　まあ、この街の領主が上手くやるだろうさ」

実は、キーリエフさんのお孫さんだという現領主には会ってない。生粋の庶民である俺は、偉い人と聞くとつい、な。

まあ、現領主さんには、キーリエフさん経由で色々取り計らってくれたお礼として、作った魔道具一式を置いて行けばいいかな？

ドルムダさんとは、調理道具の他にも様々な魔道具を作っている。魔力結晶を動力にした電化製品だ。

作れそうなものは、需要があるかどうかは考えず、興味のままに一通り作ってみた。たまにキーリエフさんも参加している。

冷蔵庫みたいなものは元々あったので、扇風機にクーラー、それにドライヤーなど、日本の家庭にあるものを一通り。

浄化の魔法を魔力結晶で再現して掃除機を作れないか試してみたが、難しくてまだ完成していない。それ以外にも、開発途中のものがある。

魔力結晶は一般的には希少だが、俺のカバンの中にはいっぱい在庫があるし、キーリエフさんもたくさん持っているから気にせず研究していた。

この世界の魔法は何でもできるが、それに熟練している人はごく一部で、日常生活で自由自在に使える人は少ない。

だから、苦手な属性の魔法の作業は魔道具でできたら、より生活が便利になるかな、と思っている。

まあ、魔力結晶は希少だから、普及するのが難しいことはわかっているんだけどな。

それからは、ドルムダさんに工房へ引っ張っていかれて魔道具の完成を目指し、夕方にはゲーリクさんと料理を作った。夕飯を食べてからも、調味料の仕込みをしたぞ。

旅を決意してから三日後の明日、ティンファとの約束の日になる。

ゲーリクさんも一緒にお菓子作りをすることになったので、覚えているレシピをできる限り教えるつもりだ。

ベーキングパウダーやバターは作ったが、不足している材料もあるし、俺が覚えているお菓子のレシピはそれほどあるわけではない。

だから、作り方は知らないけれど、どんなお菓子があったのかは一応ゲーリクさんに伝えておこうと思う。

材料は、ゼラスさんが張り切って手配してくれて、乳や卵、それに様々な果物が明日の朝に届く予定だ。

お菓子作りを終えた後、ティンファと二人きりで俺のことを話すつもりでいる。

ティンファは受け止めてくれる。彼女の笑顔を思い浮かべてそう信じながらも、やはり不安はある。

でも、決めたのだ。

俺の全てをティンファに知って欲しいから。

ティンファを見守ってくれているアディーからは、問題なしと報告をもらって、明日も迎えに行って欲しいと頼んだ。

これで準備は全て終わりだ。

スノーとレラルの温かな毛並みに包まれながら、期待と少しの不安を抱えながら、ゆっくりと深い眠りに引き込まれていったのだった。

「うわあっ！　ムームンとムーダンを食べた時にもとても驚きましたけど、乳でこんなものも作れるんですねっ‼」

ティンファを迎えてゲーリクさんに紹介し、まずバター作りから始めた。

ゼラスさんが新しい畜産家（ちくさんか）を見つけてくれて、これまでよりも脂肪分の多い乳が手に入った。今回使うのは、その乳だ。

それを使って生クリームを採り、泡立て器でかき混ぜる。

さすがに日本の生クリームのようにキレイに泡立つことはなかったが、それでもトローリとした濃厚なクリームが作れた。その時は屋敷中が沸き立っていたぞ。

当然のごとくゼラスさんが、その乳の産地の村には補助金を出して、動物の数を増やす計画を立てていた。

キーリエフさんも結構お菓子は好きみたいだけど、ゼラスさんもかなり甘党なのかもな。

ちなみに、今回のお菓子作りには領主館の料理人さんを一人参加させて欲しいと要請され、四人で作業している。

俺の作ったお菓子にえらく感動して、お菓子を専門に作りたい！　という熱意を持った、サジスさんという人だ。

ティンファにお菓子作りを教える様子を横で見ながら作業させて欲しい、とのことで、個別に教えるよりは気楽だったから、受け入れることにした。

「そうなんだ、乳からは色々なものができるんだよ。だから乳が簡単に手に入るようになったら、美味しいお菓子がどこでも食べられるね」

そしてチーズが一般に広まれば、お菓子も料理も一気にメニューの幅が広がる。

「そうなったら……素敵ですね！　アリトさんからいただいたお菓子を食べた時に、あまりの美味しさにおばあさんと一緒に感激してしまいましたから」

うんうん、とティンファの横で高速で頷くサジスさん。

「ま、まあ今日は、今作れるお菓子で色々なバリエーションを試してみようと思っているよ。ゼラスさんが張り切って果物も揃えてくれたしね」

気がついたら、調理場のテーブルに載り切らないくらいの様々な種類の果物がたくさんあったのだ。

そのお菓子にかける気合が、ちょっと怖い。

「はい！　楽しみです！」

生クリームとバターを作り終えると、クッキー、パウンドケーキ、マドレーヌを何種類か、味を変えて作っていく。

果物はそれぞれジャムやコンポートにし、プリンも作った。

寒天やゼラチンの代わりになるようなものをまだ見つけていないので、ゼリーが作れないのが残念だ。

何度かゲーリクさんと試作して、味が一番いいものを採用してレシピを作った。ほとんどゲーリクさん任せだ。

次々と焼き上がるクッキーやマドレーヌに、ジャムやコンポートにした果物、生の果物を添えて、飾りつけをしていく。

パウンドケーキには、木の実や干し果実などを入れて何種類か作っている。

全部合わせると凄い量になったが、サジスさんが領主館に半分持っていく予定なので、余ることはないだろう。

ティンファにもおばあさんの分は持たせる予定だ。パウンドケーキやクッキーは日持ちがするからな。

次に挑戦するのはスポンジケーキ。型はドルムダさんに、きちんと底を取り外せるものを作ってもらった。

頑張ってメレンゲを泡立てて生地に混ぜて焼くと、なんとか膨らんだ。

飾りつけは、見本として俺が最初にやって見せた。

スポンジケーキを半分に切り、生クリームを塗ってからコンポートにした果物や生の果物を載せて仕上げると、歓声が上がる。

後ろを振り返ったらキーリエフさんとドルムダさんもいて、俺のほうが驚いたよ！

その後、ティンファたち三人も、スポンジケーキを飾りつけてホールケーキに仕上げた。

「……す、素晴らしいね‼　これを全て、ゲーリクも作れるんだろう？」

そう言ってテーブルを見つめるキーリエフさんの目が、キラキラしている。

全て完成し、少しずつ皿に盛って並べると、広いテーブルのほとんどが埋まってしまった。間違いなく作りすぎたよね！

屋敷中に甘い匂いが充満したらしく、気づけばメイドさんからお手伝いさんまで全員が集まっていた。早く食べたそうにしているな……。もちろん全員の目がキラキラだ。

「はい。全てゲーリクさんと相談しながら作ったものです。サジスさんも参加したので、領主館でも食べられるようになると思いますよ」

「おお、ありがとう、アリト君！　いつでもお菓子を楽しめるんだね！　じゃあ、卵と乳の安定した生産を急がないと！　ね、ゼラス！」

「はい、もちろんでございますとも。今、近隣の村を調査しまして、動物を飼育できそうな場所には指導する人を手配し、生産体制を整えております」

もうそこまでいっているんだ……。

向こうの世界の牛や鶏の飼育については、わかる範囲で伝えてある。俺が実際に飼育したことがあるのは鶏だけだが。

「ああ、動物の種族も調べておいてくれ。特に乳が採れる種族は味の良いものに限定して、飼育方法を確立させよう。卵も産卵する周期が速くて飼育しやすい種類を選んでくれ」

「はい。もう種族の特定はほぼ終わっております。卵のほうも、じきに結果が届くはずです」

はあー……。もうここまでくると、キーリエフさんだしなー、と思うしかない。

お菓子もそうだけど、卵と乳を使った料理も本当に気に入っていたものな。

「アリトさん、凄いです！　どれも味見した時、美味しすぎてどうしようかと思いました！　しかも私が自分で作れたなんて感激です！」

ティンファもでき上がったものを味見するたびに、悶えていたもんな。

それからキーリエフさんは、周囲の人々を見渡して言う。

「では、いただこうか」

「「「「「はい！」」」」」

それからは皆でわいわいお菓子を食べた。これがいい、あれが好みだと、楽しそうだったよ。

ゼラスさんが満面の笑みで次々と食べていたのが印象に残っているな。

ティンファもレラルもうれしそうに食べてたぞ。

俺は……さすがに全種類はいらないな。

こんなに好評なら、後でクッキーとパウンドケーキを何種類か追加で作って、オースト爺さんにも送っておくか。あとは旅に出た時用に、カバンにも入れておこうかな。

……この後、庭に散歩に出ようとティンファを誘ってある。幸せそうなティンファの笑顔が、どうか曇らないで欲しい、と思った。

敷地にある研究所や露天風呂を過ぎて森の間を進むと、街壁の近くに少しだけ開けた場所がある。

そこは日当たりが良く、薬草などを育てている場所で、ベンチも置いてあるのだ。

ティンファと二人で、その場所へ向かった。

「ふう。さすがに食べすぎてしまいました。でも、本当にどれもとても美味しかったですよ！　おばあさんに持って帰るのが楽しみです。ありがとうございました、アリトさん」

午後の日差しの中、ベンチに座って一休みする。

「ふふふ。皆、お腹が痛くなるまで食べるんだもんな。日持ちするものもあるんだから、明日食べればいいのに」

「焼きたてのいい匂いがしますから。冷めないうちに食べたくなってしまいますよ」

「ああ、確かにそうかもね。でもパウンドケーキなんかは、確か出来たてよりも次の日のほうが、味が馴染んで美味しいんだよ」

「そうなんですか！　奥が深いですね、お菓子作りも」

なんでそんなことを知っているのか、とはやっぱり聞いてこないんだな。旅の間も、色々疑問があっただろうに。

「……ねえ、ティンファ。今日はティンファに俺のことを聞いて欲しいんだ」

俺は覚悟を決めて、そう切り出した。

「俺はね、実はこの世界で生まれたんじゃないんだよ。ここことは違う、魔法のない異世界で生まれて、二十八歳まで暮らしていたんだ。それで、どうしてかはわからないけれど、突然この世界に落ちてきた。その時に今の外見に変わったんだ。俺を見つけて保護してくれたオースト爺さんによれば、そういう人のことをこの世界では『落ち人』と呼ぶらしいんだけど」

どうしても顔を見て話す勇気がなく、ベンチに並んで座って告げた。

それでも反応が気になって、そっと隣を見ると、ティンファはこちらを真っすぐに見つめていた。

その表情は真剣で、少し驚いた様子はあったが、疑っているようにはまったく見えない。

「……そうなんですか。『落ち人』……。でも、アリトさんは今ここに、私の隣にいますから、もうこの世界の人、ってことですよね？　それとも……アリトさんは、帰りたいですか？　生まれた世界に」

その言葉に今度は俺のほうが驚いて、ティンファの顔を見つめてしまった。

「……ごめんなさい。帰りたいですよね。生まれた世界なら、当然ですよね」

ティンファが暗い顔になり、慌てて否定する。

「あっ！　ご、ごめん、ティンファ。いや、俺は帰りたいとは思ってないよ。元の世界には家族もいないし。オースト爺さんに会って、スノーやアディーにも会って。旅に出てリナさんたちと知り合い、それにレラルにも、ティンファにもこうして出会えた。もう今では、俺にとってはここの生活のほうが大切なんだ」

そう、これだけは自信を持って言える。

「……本当、ですか？　アリトさんは、どこか遠くへ行ってしまったりしませんか？　私の隣に、ずっといてくれますか？」

今ここにいるのなら、もうこの世界の人、か。

そうだな。もう俺も、この世界で生きる、この世界の人になったのだ。

真っすぐな瞳でそう言ってくれたティンファを、俺も見つめ返しながら告げる。

「どこにも行かないよ。ティンファが望んでくれるなら、俺はずっと一緒にいたい」

「はい。私は、ずっとアリトさんと一緒にいたいです。いさせてもらっても、いいんですか？」

アリトさんのことをもっと知れたら、うれしいです――その言葉通り、ティンファはそのままの俺を受け入れてくれた。

だから。

「ああ。ずっと、一緒にいよう、ティンファ」

「はい！」

そのティンファの輝く笑顔に誓(ちか)おう。

俺はこの世界と向き合って生きていく、と。

それからは、俺の生まれた世界のこと、祖父母のこと、どういう生活をしていたかなど、様々な話をした。

今が『落ち人』のことを知るための旅だということも。その答えはないだろうということも。

俺がこれから成長するのか、どれくらいの寿命があるのか、まったくわからないとも告げた。

「ふふふ。それは私も同じですよ。……もしかすると、アリトさんを一人にしてしまうかもしれません。それでも私でいいんですか？」

「……俺のほうこそ、こんな外見でも実際はもう三十を超えていて、ティンファよりかなり年上なんだよ。それでもいいのかな？」

ティンファは十八歳だ。実際は一回りも年が違う。

「そんなこと、全然気になりませんよ！　アリトさんは、アリトさんですから」

「うん、ありがとう、ティンファ。そんなティンファだから、俺は一緒にいたいって思ったんだ」

もしかしたら、ティンファと一緒にいられる時間はそんなにないのかもしれない。

でも、それでもいい、と思えた。

俺の話を、真っすぐな瞳で聞いてくれたティンファとなら。

それから夕方まで、スノーとレラルが木々の間を走り回るのを見ながら、ずっと二人で話をして過ごした。

第八話　旅立ちの準備

「もう少ししたら、俺は自分の気持ちにけじめをつけるために、北の辺境地へ行くよ。ティンファはエリダナで待っていて欲しい。戻ってきたら、その後のことを二人で考えよう」

全て話し、ティンファに受け入れてもらえたことで、晴れ晴れとした気持ちだ。

あとは旅を終わらせれば、俺とティンファとの新しい生活が始まるだろう。

「……北の辺境地へ行くのは止めません。けど、私とずっと一緒に、って言ってくれましたよね。だから私もついて行きます！」

「目的地は北の辺境地だよ？　この街まで旅してきた道のりとは比べ物にならないほど厳しいし、とても強い魔物や魔獣に襲われる危険が常にあるんだ。ティンファとずっと一緒にはいたいけれど、危険な目には遭わせたくない。だからこの街で待っていて欲しい。ファーラさんだって、ティンファと少しでも長く一緒にいたいはずだよ」

北の辺境地へは、このまま森の中を真っすぐ進んでいく。どんどん森は深くなり、『死

の森』と同じ危険に見舞われるだろう。ティンファには負担が大きすぎる。スノー
「ちゃんと用事が終わったら、ティンファを迎えに戻ってくるから。スノーもアディーももアディーもいるんだし、俺は大丈夫だよ」

「いいえ。私は、アリトさんと一緒にいたいんです。それに……。アリトさんと同じ世界から落ちてきたという人の足跡を追うのですよね？　だったら、アリトさんのことを見守らせてもらえませんか？　私は確かに戦うことはできません。だからこれは我儘だとわかっています。でもお荷物にしかならなくても、アリトさんの旅の終わりに、一緒にいたいんです」

　旅の終わりを迎える時まで、ティンファが傍で寄り添ってくれる。

　その気持ちはとてもうれしく、心強い。

　そう思ったら、何も言えなくなってしまった。

　ティンファのことをお荷物だなんて俺は思っていないしな。

　スノーとアディーからしたら、俺こそお荷物だ。辺境地で自分の身を自分で守れるとは、とても言えない。

『……なあ、アディー、スノー。ティンファも一緒に行ってもいいか？　二人の負担になっちゃうけど、俺も頑張るから』

　我儘だというのなら、俺だって我儘だ。やっぱり、ティンファとずっと一緒にいたい。

『別に何も変わらん。お前が頑張ると言うなら、きちんと風を常に意識して纏い、警戒しろ』

『スノーはティンファなら一緒でもいいよ？』

ありがたい言葉が返ってきた。

それにしても、アディーの修業はまだまだ続くな……。

森でも草原でも風はどこにでも吹いているから、リナさんのように常に纏っていれば突然のことにも対応できるし、ティンファを避難させることもできる。警戒の精度も上がるのだ。

「わかったよ、ティンファ。俺もずっと一緒にいられたらうれしい。一緒に行こう」

「はい！　私も少しずつでも自分の身を守れるように頑張ります！」

……できることから頑張ろう。アディーに認めてもらえるようになれば、ティンファのことも俺が守れるかな。

「すぐに旅に出るつもりはないから、ティンファの都合がついたら出発の日を決めよう。今日送って行った時、事情は詳しくは話せないけど、ティンファのおばあさんにはちゃんと俺が説明するから」

「はい。私は農地のこともありますから、ノールさんに事情を話して、あの畑をどうするか相談してみます。それに、おばあさんには私も一緒に説明しますよ。……いつでもエリダナの街へは来られますよね？」

孫と暮らせることを喜んでいるファーラさんには申し訳ないが、ティンファがずっと俺と一緒にと望んでくれるなら、エリダナを離れることになるだろう。

この街はいい街だけど、一生住みたいとは思わない。

俺は人目を気にせずにのんびり暮らしたいし、ティンファの耳のこともある。

後で話し合いをするけど、ティンファもこの街でずっと暮らしたいとは言わないと思うのだ。

だから、ファーラさんとティンファの二人の間で使える、念話の魔道具を作ろうと考えた。

ドルムダさんとすでにある程度研究して距離は伸ばせたから、キーリエフさんにも協力してもらってもっと改良しよう。

「ああ。スノーに頼めば、この街にはいつだってすぐに遊びに来られるよ」

スノーに二人乗りした時、俺が照れないで支えられるかってことが心配だけどな！

「私は足手まといだけれど、スノーちゃん、よろしくお願いします。戦闘の時も少しでも邪魔にならないように頑張るわ。それに私も一緒に背中に乗せてね。レラルちゃんもよろしくね」

寝ころんでいたスノーとレラルに、ティンファがしゃがんで目線を合わせる。

「ティンファもずっと一緒？　わたし、うれしいよ！　一緒に寝てね？」

『アリトが乗せたいなら、ティンファを乗せてもいいよ。でもアリトもいっぱいスノーに乗るの！』

レラルはティンファに嬉しそうに抱きつき、スノーも尻尾を振って応える。

「ふふふ、ありがとう、レラルちゃん。一緒に寝ましょうね」

「ティンファ、スノーがティンファも乗っていいって言ってくれているよ」

「ありがとう、スノーちゃん！　うふふ、とってもうれしいわ」

ティンファはレラルを右手で抱き、左手でスノーの頭を撫でた。

スノーもうれしそうに目を細めている。

しばらく皆でじゃれていたが、暗くなる前に屋敷へと戻った。

ファーラさんが夕食を作って家で待っているというので、ティンファが作ったお菓子をお土産に持って、家まで送っていった。

ファーラさんには、俺が旅をしている事情を簡単に説明し、またティンファと一緒に行くことになったと話した。

結婚の挨拶じゃないよ!?　それを意識したら、逆に説明なんてできなくなるから!!

話を聞いたファーラさんは、少し寂しそうに、でも嬉しそうに笑うとティンファが旅立つのを許してくれた。

それから念話の魔道具を作るために魔力結晶を二人に渡し、魔力の馴染ませ方を教える。

ファーラさんが魔力結晶を見て一瞬驚いた顔をした後に、ぼそりと「キーリエフ様のお客人だったわよね」って言ったのが解せなかったが。

俺は普通だから！　オースト爺さんやキーリエフさんが凄いだけで！

◆　◆　◆

その後、ノールさんや商人ギルドに話をし、ティンファの都合がつくのは一月半後だと連絡が来た。

俺もキーリエフさんやドルムダさんとの研究や、ゲーリクさんに料理を教える都合があるから、ちょうどよさそうだ。

それからは作りかけの魔道具や道具を完成させるため、ドルムダさん、キーリエフさんと一緒に研究三昧の日々となった。

その合間にゲーリクさんと様々な料理を作った。

ゲーリクさんは凄い。今では泡立て器を使いこなし、メレンゲを使ったふわっとした食感の料理さえ、独自に作りだしているのだ！

ティンファと一緒にお菓子を作った後、領主館から常に一人、料理人が来ることになった。

三人で調理場に立つようになったが、来る人たちは皆、常に一歩引いて俺のことを詮索せずにいてくれるから、面倒もない。

でもキラキラと、尊敬の眼差しを向けるのは止めて欲しい……。元の世界にあっただけで俺が考えた料理じゃないし、凄いのはそれを再現しているゲーリクさんなんだ！

ラースラは、今では主食として食べられるようになった。それというのも、ドルムダさんがあっという間に、きちんと熱伝導まで考えた上で土鍋を作ってくれたからだ。

今では領主館でもラースラを食べているそうで、客にも出して、ドルムダさんの土鍋とともにお土産にしているらしい。

そんなわけで、今年のラースラは、ゼラスさんが手配して全部買い上げたそうだ。

ラースラは飼料だったが、他の作物を使えないか、家畜の飼育方法とともに検討中とのこと。

そこまでラースラが気に入られた理由は、やはり生姜焼きだと思う。味の濃いおかずとご飯の組み合わせに虜になったからに違いない。

これでどこでもご飯が食べられるようになって、美味しい料理が広まったら最高だよな！

最初に作ったリバーシなどの遊具や調理器具、そして料理のレシピも、領主館を通して普及するめどが立ったようだ。

図書館へは暇ができると通っていて、調べものも順調に進んでいる。

あとはティンファとファーラさんの念話の魔道具ができ上がれば、旅立ちの準備は終わりだ。

念話の魔道具を作るには、魔力結晶に自分の魔力を馴染ませることが必要だ。そのためには、毎日かかさず魔力を通しても、一月（ひとつき）以上はかかる。

昨日ティンファの家に行って、二人に渡した魔力結晶を確認してみたら、あと少しで馴染ませるのが終わりそうだった。

念話の魔道具は、ドルムダさんと改良済みで、使う人にもよるが、なんとか国中に届くくらいには距離が伸びそうだ。

オースト爺さんと俺の間で使っていた魔道具も、あとで改良しようと思う。

オースト爺さんには、お菓子や調味料、調理道具や食材と一緒に、北へ行って『落ち人』の手がかりを見つける旅を終わらせる、と手紙を送った。

その返事には、上手い飯を待っているとあったので、オースト爺さんのところへ戻るのが楽しみだ。

……ティンファのことも一応書いたら、小屋を新しく建てておく、と返事があったんだよな。
まったく‼　まだそんなのじゃないのに。これ以上意識して、旅の間に気もそぞろになったらどうしてくれるっていうんだ！

今は旅用の調味料やパンを作っている。

ゼラスさんのお蔭で様々な村から野菜が届いているので、多くの種類の野菜を使ってソースも作った。スパイスも大分揃ったから味にかなり深みが出て、日本で食した懐かしい味に近づいてきている。

味噌（みそ）は麹（こうじ）ができるか不明なので、まだ保留だ。ラースラの種籾（たねもみ）もあるし、豆っぽい野菜も様々な種類を確保してあるから、オースト爺さんの家で味噌の仕込みをするのもいいかもしれない。

「おい、アリト。鍋をかき回すの、代わろうか。このソースは、アリトのとこと同じ味なんだろう？」

鍋を覗き込みながら、ゲーリクさんがそう言った。

「そうですね。かなり近いと思います。でも、入れる野菜やスパイスによって味の違いがあってもいいと思いますよ。元々、料理の味に深みを出したり、揚げ物にかけたりして使う調味料ですから」

「ふむ。確かに植物油を使った揚げ物はさっぱりしているし、このソースにも合いそうだな」

エリンフォードは森からできた国なだけに、植物の種類が豊富だ。だから油を含んだ実や種を持つ植物も、キーリエフさんが調査して結構な数見つかり、植物油を新たに作った。この国でも油は獣脂（じゅうし）だけだったから、これから植物油を普及させるということだ。

様々な種類の植物油を作ったので、種類ごとに瓶に詰め、カバンに入れてある。

「……また美味いものを見つけたら来い。こっちもゼラスが食材を色々集めておく。お前が作ったマジックバッグもあるし、保管には困らんからな」

「あれは、ドルムダさんがいたから、今のように使い勝手が良くなったんですよ。ここは霊山に近くて上位の魔物や魔獣の皮が手に入りますから、いいカバンを作れますね」

本当に、ドルムダさんにはお世話になったよな。

「とりあえず北へ行った後は、オースト爺さんのもとに戻ろうと思っていますが、また遊びに来ますよ。オースト爺さんの鳥で手紙も出せますから、美味しいものを見つけたらすぐに知らせますね」

「ああ。気をつけて行ってこい」

「ありがとうございます」

この屋敷の人たちは、俺が『落ち人』であることを特に隠してもいなかったのに、皆優しくしてくれた。

キーリエフさんは最初に、エリンフォードの国では『落ち人』を保護することはあっても、束縛（そくばく）したり、知識の強要をしたりすることはないと教えてくれた。

これはキーリエフさんが、オースト爺さんから俺の身分証明書を発行したいと言われた時に、この国の王に直接聞いて確認したそうだ。

この国で『落ち人』が保護されたのは、もうキーリエフさんでさえ記憶にないほどの昔のことだから、その時の対応を覚えている人はいなかったそうだが。

でも保護することに関しては確約を貰って、文書にも残したと言っていた。本当にありがたい。

貴族や王族といっても、ナブリア国で俺を狙ったような奴ばかりではないと知れて良かった。まあ、それでも俺から近づきたいとは思わないが。

他の国の対応も聞いてみると、やはりどの国にも長年の間『落ち人』は現れておらず、その存在自体、国の上層部でさえ正確に語り継がれているかどうかわからないらしい。

やはり倉持匠さんのことは、どこの国にもバレていなかったみたいだ。

でも、俺の知識を求めて拘束（こうそく）しようとする国や個人はいるだろう、だから公表はしないほうがいい、とキーリエフさんから忠告を受けた。

だから『落ち人』のことは、この国ではキーリエフさんに聞いたのみで、図書館でもほとんど調べなかった。倉持匠さんの文書を読んだから、ということもあるが。

オースト爺さんだけでなく、俺を受け入れてくれる場所がまた増えたな。

旅が終わったら、ティンファとこれからのことを話し合うことになっている。

俺の希望としては、とりあえずのんびりしたい。ああ、ラースラを研究する田んぼも確保しないとな。

旅立ちを、これだけ穏やかな気持ちで迎えられたのは初めてのことで、目の前に迫った出発の日に向けて準備を進めていった。

第二章　北の辺境地へ

第九話　北への旅立ち

「いつでも訪ねてきてよ。門番には引継ぎをするように言ってあるからね」

「おう！　手紙をくれたらどこでも行くからよ！　面白いもん作る時は呼んでくれや！」

「いい食材を手に入れたら、お知らせください。それに、何か欲しい食材がありましたら手配してお送りいたしますので」

屋敷の門の前で、キーリエフさん、ドルムダさん、ゼラスさん、それにゲーリクさんなど屋敷の人が全員で見送ってくれた。

今日はこれからこの街を出て、旅を再開する。

ティンファに『落ち人』であることを告白し、旅立ちを告げた時から結局約二月(ふたつき)が経った。

この間に念話の魔道具が完成し、ティンファも旅の準備を終えている。

今からおばあさんの家にティンファを迎えに寄って、いよいよ出発だ。

……キーリエフさんが言った門番って、この街の、だよな。今度来たら、また有無を言わせず屋敷に連れて来られるのか……。

ドルムダさんはしばらく屋敷に留まり、マジックバッグなどを量産するそうだ。

ゼラスさんにはかなりお世話になったよな。シオガも、なんと大陸の南の国まで飛んで買い付けてきてくれたのだ！　……ちょっと姿を見かけないな、と思ってたら、二日で戻って来たんだよ。あの時は驚きすぎて、あんぐり口を開けて呆けてしまった。

でもお蔭でシオガの大樽が手に入ったから、しばらくはなくなる心配がない。肉じゃがと生姜焼きのお蔭だな！　いつでも送るから、なくなったら言ってくださいとのことで、本当にありがたい。

「色々ありがとうございました。ティンファのおばあさんもこの街にいるし、また遊びに来ますよ」

商人ギルドへの手紙の預かりも続けてもらった。

ただ、長い間俺がこの街に来られない時もある。そういう時は、キーリエフさんが連絡用の鳥を使って送ってくれるとのことだった。

「でも、本当にいいのかい、アリト君。僕たちに色々と教えてくれたんだから、お金でも屋敷でも土地でも、何でも欲しいものを言ってくれたらいいのに」

「俺もたくさんの食材や魔道具、様々な道具をいただきましたし。気にしないでください。それに、お金は爺さんからかなり持たされていますので」

最初にお礼は食材だけでいいと言ったのに、結果的に新しいものをたくさん作ったので、改めて何か贈(おく)らせて欲しいと言われたのだ。

でも、キーリエフさんが作った魔道具を全種類と、ドルムダさんに作ってもらった道具類を大量に貰ったから断った。試作品のリバーシやチェスもどき――結局、ルールは将棋だが見た目はチェスっぽいので、この世界ではチェスと呼ぶことになった――も譲(ゆず)り受けている。

お金は元々困らないほど爺さんに貰っているし、薬草と薬を売れば路銀(ろぎん)も十分だ。

「まあ、今度来た時でもいいし、欲しい物があったらいつでも言ってくれ。では気をつけてね。もし森で困ったりエルフに会ったりしたら、僕の名前を出していいからね」

「はい、ありがとうございます。ではいってきます！」

最初はキーリエフさんの勢いにかなり驚いたけど、今は名残惜しく感じる。

でも、いつでも来られると思えば、一時の別れだ。

だから手を振り、軽い足取りで屋敷を出発した。

ティンファのおばあさん、ファーラさんの家へ着くと、階段を上がって扉を叩く。

「アリトさん！　準備はできていますから、行けますよ」

扉を開けて出てきたティンファは、この街に旅して来た時と同じような姿だ。俺が渡したマジックバッグにローブ姿。

それを見て、いよいよこれから旅へ出るのだと実感する。

「ティンファのこと、よろしくお願いしますね、アリトさん。……私はここにいますから、いつでも訪ねてきてくださいね」

俺の隣に並んだティンファと、扉の向こうで寂しげな微笑みを浮かべるファーラさん。

「はい。また、遊びに来ます。落ち着いたら手紙も出しますが、ファーラさんも気軽に連絡してください」

念話の魔道具ができ上がって使い方を教えていた時、繋がった言葉にファーラさんはとてもうれしそうな顔をしていた。

「私もおばあさんに連絡しますね！」

「ふふふ。そうね、ありがとう。連絡するわね。それに手紙をくれたらうれしいわ」

「……ではティンファをお預かりします。スノーたちと一緒に守りますから、安心してください」

「おばあさん、いってきます！」

「……いってらっしゃい、ティンファちゃん」

寂しいはずなのに微笑んで見送ってくれるファーラさんに、せめて笑顔でと思い、手を振りながら別れた。

そして森の奥、エリンフォードの王都へ続く門を目指してティンファと二人で歩く。

「ティンファ。本当に森を抜けて行く道でいいのか？」

エリダナの街から北へ向かう街道は、エリンフォードとアルブレド帝国の国境となる森の、手前にある村までは続いていた。

だから北の辺境地へ行くには、街道でその村まで行った後、森へ入るというルートもあるのだ。

俺はやっぱり街道を進もうと言ったのだが、ティンファが辺境地に行くのなら森に慣れておきたいと言い、森の中を真っすぐ北へ行くことになった。

「はい。ただアリトさんには色々教えてもらうことになりますが……」

「そんなに気負わないでいいよ。俺だってスノーとアディーの足手まといになっているし。ただ、戦闘になった時は、木を背にしてじっと気配を殺しているか、スノーの指示をレラルが言うからその通りに動くこと。それだけは必ず守ってくれ」

「わかりました。できるだけ気配を潜めていますね」

スノーに乗って行けば、北の辺境地まですぐに着くことができる。それは霊山へ行った時に実証済みだ。

だけど、これは自分のけじめをつける旅だ。だから、北の辺境地までは自分で歩いて行こうと決めた。

といっても、辺境地の中を最後まで歩いていくのは、今の俺とティンファには無理だろうから、限界が来たらスノーに乗せてもらおうと思っている。

しばらく過ごしたエリダナの街から直接森に繋がる門を出ると、馬車がギリギリ通れる幅の道が奥へと続いていた。

これはエリンフォードの王都へ続く道で、最初はここを通って北東へ向かい、途中から外れて森の中を真っすぐ北へと進む予定だ。

「やっぱり森は凄いですね！　薬草もハーブも、それに野草にキノコに木の実まで。とてもたくさんあります！」

「ふふふ、そうだね。この森の自然の恵みは、他の森よりも多いと思うよ。エルフや妖精族の人たちが管理をしているのだろうね」

少し道を逸れるだけで、様々な種類の植物を見つけることができた。それをティンファと歩きながら採っていく。ついでに薪も拾っておくことにした。奥へ進むほど採取する余裕はなくなるだろうから、今のうちに集めておくつもりだ。

『アリト。ちゃんと警戒しなきゃダメなの。まだここら辺は街が近いからいないけど、この森は魔物の気配が多いの！』

『そうだぞ、アリト。浮かれている場合じゃない。ここはもう辺境へと続く森の中だぞ』

「うっ……。ご、ごめん、スノー、アディー」

ティンファと旅ができることがうれしくて、浮き立っていたようだ。気を引き締めないと。

気合を入れなおして弓を手にし、矢を確認してから周囲の魔力を探りながら歩きだした。

今回は人目を気にしない旅なので、『死の森』の時と同じように、革の防具を全部身に着け、その上からローブを羽織っている。

ティンファも、『死の森』の魔物の柔らかい皮で作ったズボンと上着を、ローブの中に着ている。靴は、『死の森』の魔物の硬い皮を使って、ドルムダさんに作ってもらったものだ。防具とまではいかなくても、木の枝や葉で傷つくことはないだろう。

そのまま警戒しながら道の傍にある植物を採取して歩き、昼近くになった。

『その先に休憩用の広場があるぞ。周囲には誰もいないから、昼食にしたらどうだ』

「ありがとう、アディー。ティンファ、もう少し先に休憩場所があるらしいから、お昼にしよう」

「はい、わかりました」

それからすぐにアディーに言われた場所に着き、カバンからコンロや調理道具を取り出して簡単にスープを作る。

「本当にアリトさん、調理の手際がいいですよね……。美味しいですし」

ずっと食事の支度をしているから、慣れだよな。魔法があるぶん、水もすぐ用意できるし、片付けも浄化で済むから楽だ。

「ハーブティーはティンファが淹れたほうが美味しいから、食事が終わったらお願いできるかな？」

「はい！　では用意しておきますね！」

ささっと作ったスープと朝作ったサンドイッチで昼食を終え、食後にティンファのハーブティーを飲む。やっぱりティンファが淹れると、香りが違うな。

『アディー、夕方まではこの道か？』

『ああ。このペースなら今夜は道沿いで野営して、明日から森へ入るほうがいいだろう』

『わかった。偵察よろしくな』

アディーのアドバイスを、ティンファにも伝える。

「今日はこのまま道沿いで野営をするよ。疲れたら休憩を入れよう」

エリンフォードの森は植生が豊かなだけに、かなり木々が密集している。大木ばかりで道にも木の根が張り出しているため、歩きにくいのだ。

「はい。まだ大丈夫です。無理そうな時は、早めに言いますね」

「うん。採取も気がついた時だけでいいのだけど、俺の場合は癖になっているんだよな。まあ、必要に迫られているわけじゃないから、歩くのを優先しよう」

見たことのない野草もあるし、新しい薬草を見つけるとうれしくなる。つい、休憩の時に植物図鑑を見てしまうしな。

「採りながら歩くのは私も楽しいですよ。それに、そのぶん歩くのがゆっくりになりますから、森に慣れていない私もついて行けますし」

「速く歩くと疲れるからね。そうだ。この道を歩いている人はいないみたいだから、ティンファの帽子をとっても大丈夫だよ」

悪意を持った人が近づけばすぐにスノーが気づくし、森ならどうとでも逃げられる。

「はい。じゃあ、ちょっと外して髪をまとめ直しますね」

そう言って立ち止まると、ティンファは俺の作った帽子を外して髪をほどき、整えた。

久しぶりに見たティンファの耳の羽が、葉の間から落ちる木漏れ日の中で風にそよいで揺れる。

「……ティンファの耳、キレイだよな。隠しておくのはもったいないよ」

「えっ！　あ、ありがとうございます」

ついこぼれていた呟きに、ティンファの顔が赤く染まったのを見て、自分が何を言ったのか改めて気づく。俺の顔もたぶん、ティンファと同じようになっているだろう。

「い、いや。あ、あの、やっぱり街でずっと隠して生活するのも、大変だっただろう？」

あの後はアディーがついていてくれていたからか、変な輩に声を掛けられることはなかったというが。

「そうですね。隠さないといけないのは少しだけ寂しいですが、アリトさんが帽子を作ってくれましたから。この帽子は耳が普通に動かせて窮屈じゃないので、被っていても気にならないんです。それに、私のためにアリトさんがこの帽子を作ってくれたと思うと、全然苦ではないですよ」

「ティンファ……」

帽子を持ってふんわりと笑ったティンファの耳の羽が風で揺れて、そのとても幻想的な光景に引き込まれた。

本当に……キレイだ。こんなキレイなティンファが、俺とずっと一緒にいたいって言ってくれたんだよな。

せっかく引いてきた熱が、また頬を染めるのがわかっていても、ティンファから視線を逸らせず見入っていた。

「レラルも！　アリトが作ってくれたこのカバンもスカーフも好き！　姿を変えても大丈夫なんだよ！」

ケットシーの姿のレラルが、ティンファの膝に乗って羽の耳に手を伸ばす。

『スノーの首輪も大丈夫なの！』

「ふふふふ。レラルちゃんのも凄く似合っているものね。スノーちゃんも可愛いわ」

スノーの言葉はティンファには伝わらないのに、スノーが毛皮に埋まっている首輪を胸を張って見せたことで、何を言ったのか察したらしい。

ティンファは笑顔でレラルとスノーの頭を撫でた。

そんな三人の姿に、とても心が安らいでいく。

ずっと見ていたい気もするが、夕方には野営場所にたどり着きたい。

『アディー。この道を歩いている人はいないいないんだよな？』

『ああ。ずっと先にしかいないな。エリダナの街から来る人も、大分離れているなら、今までのペースで歩いて問題ないだろう。

「さあ、そろそろ行こうか。ティンファ、レラル。人はいないみたいだから、そのままで大丈夫だよ。ただ、レラルはティンファの傍についているんだぞ？」

レラルは二本足で立って歩いても、ゆっくり進めばついてこられるだろう。

それから警戒しながらものんびり森の中を歩き、日暮れ前には無事に野営場所へ着いた。

弱い魔物に一度だけ襲われたが、スノーが一瞬で倒してくれたので問題ない。

そのまま夕食をとり、スノーとレラルをブラッシングしてもふもふしてから、大きくなったスノーのお腹によりかかって寝た。

ティンファは街で作っておいた布団に、レラルと一緒に寝る。

その時、俺は気づかなかった。

アディーもスノーも敵意がない視線は気にしないということを、すっかり忘れていたからだ。

俺も警戒はしていたが、スノーたちよりも範囲はかなり狭い。その上、精度もあまり高くなく、感知できるのは大きな気配を持つ相手だけだ。

だからティンファの耳を見つめるその気配に気づいたのは、次の日になってからのことだった。

第十話　小さな仲間

いつものように早朝に目が覚め、大きくなっているスノーのお腹からそっと起きた。

身なりを整え、ティンファとレラルを起こさないように離れた場所で朝食の準備を始める。

『アディー、おはよう。道の様子はどうかな。どっちからも人は来ないか？　近くにも人の気配はないよな？』

『ふん。道なら今のところは誰もいない。近くに気配もないが、念のため偵察してくる。ついでに野営地も探しておこう』

『ありがとう。偵察はとりあえず近辺だけでいいからお願いな。ご飯は出しておくよ』

昨夜は少し改良された結界用魔力結晶を設置したが、何事もなかった。

ただ、今いるのは道沿いの休憩場所だから、魔物だけでなく人にも注意しなければならない。

肉を出して焼き始めると、スノーが背中に顔をすり寄せてきた。大きいままなので、思わず倒れそうになったが、なんとか堪(こら)える。

『スノー、近辺に人はいないから街の中にいる時ほど小さくならなくてもいいけど、俺くらいの大きさになってもらってもいいか？』

森の密度が高くても、スノーなら問題なく進めるだろうが、俺との歩調が違いすぎるからな。

『わかったの！　じゃあアリトくらいの大きさになるね』

そう言うとスノーは、顔が俺の隣にあるくらいの大きさになった。ペロンと顔を舐められたから、抱きついてもふもふしたぞ！

「おはようございます、アリトさん。すみません、寝坊しましたか？」

「んむぅー、おはようアリト」

「おはよう、ティンファ、レラル。いや、まだ大したことはしてないよ。俺は朝食の準備をするから、片付けをお願いな」

スノーとじゃれていたせいで、まだスノーとアディーの肉を炙ったただけだ。

「ふふふ。では、布団を片付けたら手伝いますね」

「ゆっくりでいいよ」

昨日のままにしておいた竈の脇に急いでコンロを出し、どちらも火をつけて朝食を作る。皆で食べ終えると、お茶で一息入れた後に全て片付けて出発した。

アディーの案内のもと、道を外れて森の中へと足を踏み入れる。

ここからは森の中を、真っすぐ北を目指すのだ。

ゆっくりと無理をせずにティンファと二人、目についた薬草などを採取しながら歩いていく。スノーが先頭で、次が俺、そしてティンファと足元にレラルだ。

さすがにこれまでの旅路とは違い、獣の気配が多い。小さな動物の姿を、あちこちで見かける。

フェンリルであるスノーが気配を消さずに歩けば、動物たちは皆逃げていく。

スノーがいても襲ってくるのは、ほぼ魔物か魔獣だ。

しかしまだ近くにはいないようなので、俺とティンファには採取する余裕があった。

薬草を採って顔を上げ、ふと横を見た時にティンファの耳が目に留まる。昨日から帽子を被っていないため、羽の耳がふわりと風にそよいだ。

やっぱり綺麗だよな……。こうして森の中にいると、おとぎ話の世界に迷い込んだ気になる。俺の世界ではありえないはずなのに、ティンファの耳は違和感よりも、ただ綺麗だと思うのだ。

それが不思議でもあり、また、そんなティンファとずっと一緒にいたいと思うと、くすぐったく感じる。

「アリトさん？　どうかしましたか？」

「いいや、どうもしないよ。つい耳に見とれて……ん？」

うっかりティンファにそのまま伝えそうになって、ふと気づく。

羽の耳に向かう視線が、俺のものだけではないことを。

ティンファの足元のレラルを見ると、レラルは首をかしげて俺を見上げた。

スノーはこちらに視線を向けていないし、アディーも偵察と野営地探しに行ったきりまだ戻ってこない。

そうなると、これは……誰の視線なんだ？

あちこち見回しても、近くにそれらしい影はない。

「スノー、敵意のある気配は近くにないよな？」

『うん、ないよ』

反応してないのだから、そうだよな。

ということは、今俺が感じている視線は、ただこっちを見ているだけということか。前もこんなことあったよな？　アディーと初めて会った時のことだ。俺は何かの視線を感じていたけど、スノーは敵意がないからと無視していた。

「アリトさん、どうしたんですか？　スノーちゃんから、敵がいると言われましたか？」

「あ、ああ、ごめん。そうじゃないんだ。その逆で、敵意のある気配はないって言われたんだけどね。……なあ、ティンファは何か視線を感じないか？」

ついキョロキョロしていたら、ティンファに不思議そうな顔をされてしまった。

「視線、ですか？　……すみません、私は何も感じないのですけど」

うーん。俺は確かに感じるんだが……。

「……まあ、気にしても仕方ないよな。ごめん、行こう。アディーが野営地を探してくれているから、急ごうか」

「はい、わかりました」

それからも採取しつつ歩き、視線に気を取られて警戒が疎かになっているとスノーに怒られたり、レラルに不審がられたりしながらも、野営場所に日が暮れる頃にはたどり着いた。

竈や寝床を整えるのをティンファとレラルに頼み、俺は周囲に結界用魔力結晶を設置しにいく。

すると、アディーが肩にとまった。

『まったく、お前がもたもたしているから、野営地を探し直さねばならないかと思ったぞ』

「ごめんごめん、アディー。つい視線が気になっちゃって……。アディーはティンファを見ている気配を感じないか？」

結局あの後も視線を感じ続け、とうとうこの野営地まで消えなかった。でもやはり、こちらに何かする様子はまったくない。

『周囲に小さな獣の気配はあるが、敵意は持っていないな』

「うーん。じゃあその小さな獣なのかな？　ずっとついて来ているんだよ」

いつかアディーのように出てきてくれるかもしれない、とは思ってもやっぱり気になる。もしこの視線が魔獣のもので、ティンファにピンと来て従魔契約を望んでいるのだとしたら、ぜひ契約を結んで欲しいよな。

スノーとアディーほどの強さを求めるのは無理でも、ティンファの傍にずっと付き添ってくれる存在がいるだけで、かなり安心できる。

「まあ、そんな都合よくはいかないよな……」

ティンファはスノーたちと最初から上手く接していた。だからどんな従魔とも仲良くやっていけると思う。そんなティンファを見初める魔獣がいても、おかしくないと思うのだが。

『……ふん。お前がぐずぐず言っているうちに、出てきたみたいだぞ』

「えっ！　ど、どこっ⁉」

『ちゃんと周囲を警戒しろ！』とアディーに嘴で突かれながらも場所を教えてもらうと、木の根元に、小さな気配があることに気がついた。

「あれ……？　気配が二つ？」

片方が追われて、とかではないみたいだし。並んで気配があるよな？

とりあえずティンファのもとへと向かうと、そっと草むらの中から出てくる影があった。

「……リス？　いや、尻尾が違うか。ねえアディー、あの子たちは魔獣、なのか？」

『ああ。ギリギリで中級クラスってところか。まあ戦闘向きじゃないな』

「あんなに小さいから、動物かと思ったけど……」

姿を現した魔獣は二匹。どちらも同じ種族だろう。大型のエゾリスのように見えたが、尻尾はレッサーパンダみたいに太くて長めだ。

動かずに様子を見ていると、二匹はティンファのほうへと走っていき、足元をクルクル周回しだした。

「きゃっ！　えっ、何？　この子たちは、一体どうしたんでしょう」

「んうー？　だれ、この子たち。敵、じゃないよね？　え？　ティンファを見にきたの？」

ティンファの足元にいたレラルが二匹の行動に一瞬警戒したが、すぐにそれを解いた。

どうやらレラルと会話ができるみたいだ。

「アディー、あの子たち、何て言っているんだ？」

『……耳？　耳が近くで見るとやっぱりキレイ？　……低級のやつだと知性が低くて、会話にならん。スノーのやつに聞け』

そう言うとアディーは、俺の肩から空へ飛んでいってしまった。

どうやら言葉をスムーズに話せないらしい。そこが、アディーの言う「ギリギリ中級クラス」ってことなのだろう。

気づけば俺、会ったことあるのは上級魔獣ばかりだったんだな……。

オースト爺さんのたくさんの従魔たちも、キーリエフさんのところにいた従魔たちも、全員が高い知性を有していた。

……この様子を見ると、ティンファにピンと来たってことかな。でも二匹ともなのか？

『アリト。なんかあの子たち、ティンファと一緒にいたいって。耳がキレイだって言ってるの』

おお、やっぱりそういうことか。

「ありがとう、スノー。そう言っているのは二匹ともなのか？」

『んー、今ティンファの手に乗ったほうだけなの。君はどうなの？　……番（つがい）だから一緒にいたいの？　えっ、だからアリトと契約したいの？』

　周りを走っていた二匹のうち一匹は、ティンファが座って差し出した手に乗っていた。俺もレラルも警告しなかったとはいえ、ティンファは警戒していないのか。

　で、ティンファの足元から俺を見ているもう一匹が、俺と契約したいと言っている、と？

「ティンファ！」

「あ、アリトさん。この子たち、可愛いですよ。レラルちゃんからこの子が私と一緒にいたいって言っていると聞いたので、嬉しくて手を出してしまいました」

　近づいた俺に、ティンファが魔獣の乗った手を差し出した。

　その魔獣は、リスのように立ち上がっても五十センチもないように見える。つぶらで大きな目をしていた。近くで見ると耳も大きく、とても可愛らしい姿だ。

　ついしげしげと見ていると、足にポスポスと当たる軽い感触がした。目を向けてみれば、もう一匹が前脚で俺の足を叩きながら見上げている。

　こっちの一匹が、ティンファの手の上の個体の番（つがい）で、俺と契約をしてもいいと言っているほうか。

　屈（かが）んで手を差し伸べると、するすると腕を伝って肩まで上ってきた。

人懐(ひとなつ)っこいな、この子たちは。

「俺と契約したいのか？　で、向こうの番(つがい)がティンファと契約したいのかな？」

肩にいる子に聞くと、コクリと頷いた。

「じゃあ契約を結ぶか？　でも、これから俺たちはもっと森の奥に行くから、危険な旅になるぞ。それでもついてくるのか？」

じっと俺を見つめる視線に、そう問いかけた。魔獣たちにとって、夫婦の将来を懸(か)ける選択なのだ。

『それでもいいって言っているの。ついて行くって。だから契約するって。どっちの子もなの』

「ねえ、アリト。この子たちが一緒に来るなら、わたしはこの子たちのおねえちゃんになるの？　えへへ。スノーおねえちゃんと頑張るよ！」

レラルに下からキラキラした目で見られて、つい抱きしめてしまった。うん、うちの子可愛すぎるよな！

「ティンファ、その子と契約を結ぶかい？　その子とこの子は番(つがい)だから、ティンファと俺とそれぞれ契約したいって言っているみたいなんだけど」

「はい！　この子が望んでくれるなら、私は契約を結びたいです！　うわあ、凄くうれしいです。憧(あこが)れていたんですよ、契約することに」

ティンファの手に乗っていた子は、いつの間にか肩に上って頬ずりをしていた。

それにくすぐったそうに微笑んでいるティンファの姿に、思わず見とれてしまう。……最近ティンファに見とれてばかりだ。

「わかったよ。じゃあ、俺が先に契約をするから見ていてくれ。やり方は教えるから、できそうだったらティンファもその後に契約を結ぶといいよ」

「はい！」

「君もそれでいい？　……うん、じゃあ契約を結ぼう。ちょっと手に移ってくれるかな？」

そう告げると、肩から腕を伝って手のひらまで下りてきた。そのまま腕を曲げて俺と視線が合うようにする。それからもう片方の手で魔獣の額に触れ、じっくりと魔力を練っていった。

「君の名は……リアンだ。俺はアリト。これからよろしくな」

そう告げると額に添えた手から光がこぼれ、小さな頭に吸い込まれていく。

『あれ、俺の嫁。嫁があの子の羽がキレイ、もっと見る、一緒にいるって言う。だから俺も、あの羽の番のお前と契約した』

頭に響いた若い男の声に、契約が無事に成功したことを知る。

でも言葉はぎこちない。これがアディーの言っていた知性が低いということなのだろう。

でも番ってっ!?　俺とティンファが!?　なんてことを言うんだ、リアンはっ！

つい「番」や「嫁」という言葉に取り乱しそうになった時、こちらを見つめるティンファと目が合った。自分の顔が赤くなるのがわかったが、なんとか平静を装って口を開く。

「ど、どうかな？　契約の魔法の魔力の流れ、わかった？　ティンファにもできそうかな？」

「成功したんですね！　アリトさんの濃い魔力がリアンの額に流れたのはわかりました。……私も頑張ってやってみます」

俺よりもティンファのほうが魔力操作が安定しているから、ぶっつけ本番で契約魔法を使っても大丈夫だろう、とアディーが言っていたので、そのまま見守ることにする。

「魔力を流しながら、ティンファの考えた名前を念じるんだ」

「はい！　やってみるから、あなたもお願いね」

肩にいた子を左手の上に乗せ、じっと見つめながらそう言った。

ティンファの魔力が高まっていく。

「ではいきます。……貴方の名前はイリンよ。今日からよろしくね」

ティンファの右の指先に集まった魔力が、小さな魔獣の頭に吸い込まれていく。

「そう、私の耳を気に入ってくれたのね。ありがとう。ふふふ。ずっと一緒ね。リアンと契約した、アリトさんともずっと一緒よ。皆一緒で、これから楽しくなるわね」

成功したのだろう、嬉しそうにイリンに話しかけるティンファの姿を見てホッとする。

従魔がいれば、スノーやアディーのように悪意の察知まではできなくても、何かの気配がすることは教えてくれるだろうから、かなり安心だ。

でも、俺とずっと一緒……。

『あの羽の耳、お前の番(つがい)』

『えっ！ ま、まだティンファは俺の嫁ではないよっ⁉』

肩の上のリアンの言葉に、咄嗟でも念話で返せたのは上出来だった。

何言っているんだ、俺はっ‼ まだ、って。

でも、ティンファもずっと一緒ってイリンに言っていたから、そうなのか？ いや、でも……⁉

絶対、今の俺の顔は真っ赤だろう。

仲良くイリンと話すティンファに背を向け、なんとか深呼吸をする。

よし、落ち着け。フリフリのエプロン姿のティンファなんて想像しちゃダメだ。

戻ってきて木の枝にとまったアディーの呆れた視線を受けつつも、なんとか持ち直して振り返ると。

ティンファがイリンと名づけたリアンの番(つがい)、いや嫁と楽しそうにじゃれていて、そこにレラルとスノーも加わり、全員できゃっきゃうふふ状態だった。

その笑顔が眩しすぎる！ とか今は思ってはいけない。また顔が赤く……。

そんなことを考えていると、リアンがポツリと言った。

『俺たち、木の上から偵察できる』

『ええと。偵察ね。木の上からの偵察、か。偵察は空から、ウィラールのアディーがしてくれているんだ。アディー、新しい仲間を紹介するよ』

アディーを呼ぶと、バサバサと俺の左肩にとまった。すると右肩にいたリアンが、毛を逆立(さかだ)ててピキンと固まる。

『あー、リアン。アディーはこう見えて優しいから。そう緊張しなくても大丈夫だよ。嫁さんのイリンだって、ああしてスノーと遊んでいるだろう？』

もうすっかり打ち解けたのか、イリンはレラルと一緒にスノーの身体の上を走り回っていた。スノーも楽しそうだ。

……魔獣でも女性のほうが肝が据わっている、とかいうわけじゃないよな？　いくらなんでも……ああいや、スノーの両親を見ても、ラルフよりもエリルのほうが……。

『ふん。普段は俺が空から偵察しているが、木々が深い場所だけは、お前たちに任せてやる。戦闘になったら、ティンファや嫁のイリンと一緒に、邪魔にならないようにしておけ』

おおう。ここでもアディーはツンデレだ！

やっぱり優しいよな、アディーは。リアンとイリンには戦闘よりも、ティンファを安全な場所へ誘導することに専念してもらったほうが、俺たちも助かる。その際の少しの戦闘なら、レラルに頼むことができるしな。

『俺たち弱い。けど、頑張る』

うんうん。頑張って俺たちと一緒に旅しような。

『そういえばリアンたちは何を食べるんだ？ 肉でいいのか？ それなら、奮発してスノーやアディーと同じ上級肉かな』

魔獣は肉に含まれている魔力を取り込む。中級魔獣なら、ここら辺にいる魔物の肉で十分だろう。

でも、わざわざ狩りをしながら進むより、オースト爺さんからたくさん送られてくる『死の森』の肉でいいなら、それを使ったほうが楽だ。

野菜を食べるのであれば、たっぷり野草を採取してあるから問題ない。

と、そんなことを考えていると。

『!? 上級肉‼ 俺たち、主の期待、頑張る‼』

アディーに硬直していたリアンが、一気に興奮して頬にすりすりしてきた。おお、毛は短いけど、固くないし気持ちいいな。尻尾をもふるのが楽しみだ。

スノーに比べたら毛並みは物足りないが、これはこれでいい。寝る準備をしたら、床に就く前にイリンとリアン用の小さいブラシを二つ作ろう。ティンファもブラッシングしたいだろうし。

リアンによくよく聞いてみると、野草や果物も食べられるけど、魔力濃度の高い肉なら一番魔力を取り込みやすいとのことだった。

「さて。ティンファ、野営の準備を頼むな！　周囲の確認をしたら、すぐに夕食を作るから」

もう薄暗くなってしまっている。ここならまだ光の球を浮かべても、魔物の襲撃の心配はないと思うが、できるだけ視界のあるうちに支度をしたい。

「あ、すみません、アリトさん！　イリンと会話できたのが凄くうれしくて、ついはしゃいでしまいました。ありがとうございました。無事に契約を結べましたよ」

「うん、良かったよ。とりあえず夕食の時にゆっくり話をするとして、急いで支度をしよう」

「はい！」

近寄ってきたスノーを撫でて周囲の警戒をお願いして、残りの結界用の魔力結晶を埋めにいく。

リアンは木に登り、枝から枝へと飛び移ってついてきた。これからは木の実を探してもらえそうだ。

魔力結晶を埋め終え、急いで夕食の準備をした。

果実のたれに漬け込んだ肉があったから、今晩はリアンとイリンの歓迎会ということで焼肉にした。まあ従魔たちの肉は、漬け込みなしの焼いただけのものだけどな。

でもリアンとイリンは、『死の森』の上級魔物の肉に喜んで跳ねまわり、夢中で食べていた。身体が小さいし、肉の魔力は高濃度だから、ほんの少しで満腹になったみたいだが。

『こんな肉、初めて。主、凄い。俺、頑張って強くなる』

俺一人でこの肉の狩りはできないぞ！　と言ったけど、スノーとアディーと契約している俺は『凄い』ということらしい。

レラルも自分より小さいリアンとイリンを抱っこして上機嫌だ。

「わたしもおねえちゃん！　わたしもこれから頑張るよ！」

「ふふふ。レラルちゃん、お願いね。イリンもリアンも、私は戦闘では役立たずだけどよろしくね」

ティンファが小さな毛玉たちに囲まれているのを見て和みながら、ブラシを作る。

『スノーは？　スノーは一番のおねえちゃん？』

もたれかかっている背後から、スノーが顔を舐めて聞いてくる。

「そうだぞ。スノーは一番上のおねえちゃんだから、皆の面倒を見てくれな」

『うん！　頑張るの！』

尻尾をばっさばっさと振ってご機嫌だ。

リアンとイリンのほうが年上かもしれないが、スノーのほうが上級種で強いから、おねえちゃんでいいだろう。うれしそうに興奮してはしゃぐスノーは可愛いからな！

「よし、できた。ティンファ、これ。イリンの分のブラシも作ったから、使ってみてくれないか？　リアン。お前はこっちだ。ちょっとブラッシングしよう」

ブラシは毎回、個人の大きさに合わせて作っているから、手慣れたものだ。

「わあ！　ありがとうございます！　イリンちゃん、じゃあブラッシングしましょうね。ふわふわでもっと可愛くなっちゃうわね」

ブラシを受け取ると、ティンファは膝の上にイリンを乗せてブラッシングする。

俺もリアンを呼んで膝に乗せ、浄化を掛けてからブラッシングした。

『いいなー、次はスノーもやって？』

「うん、スノーもこの後にちゃんとやるよ。今は作ったブラシが大丈夫か試しているから、ちょっと待っててな。リアン、痛くないか？」

『痛くない。不思議な感じ』

小さな身体にブラシをそっとあて、ゆっくりと動かす。バサバサだった毛並みが揃って、少しずつふんわりとしていった。

「次は尻尾な」

太くてしっかりとした長めの尻尾を掴んで、ゆっくりとブラッシングしていく。少しリアンが身じろいだが、気にしない！　尻尾はふわふわが一番だからな！

「とってもふわふわになったわよ、イリンちゃん。うん、もっと可愛くなったわ」

「ティンファ、わたしも！　わたしもやって！」

「はいはい、レラルちゃん。今やるわね」

顔を上げると、ティンファがふわふわになったイリンを満面の笑みで抱きしめていて、その膝の上にレラルが乗っていた。ああ、幸せはここにあったんだな。

そんなことを思っていたら、リアンもそわそわとイリンを見ていた。

「リアンもふわふわになったぞ。ふわふわのほうが可愛いだろう？」

『嫁、ふわふわ、可愛い』

よしよし、嫁のところに行ってこい、と膝からリアンを下ろし、今度はスノーのブラッシングにとりかかる。

『アリト！　小さい時のブラッシングも気持ちいいけど、大きくても気持ちいいの！』

「そうかー。俺もふわふわもふもふなスノー、気持ちいいよ！　もう、可愛いな、スノーは！」

俺と同じ目線の大きさのスノーをゴシゴシとブラッシングしていると、ふにゃーと気持ちよさそうな声を上げた。

「ティンファ、気持ちいいよ！」

「そう？　良かったわ」

ティンファとレラルも、笑顔でブラッシングしていて。

俺は皆が笑顔でいてくれたらそれで幸せだ。森の中でも、心からそう思える。

……オースト爺さんに会いたいな。帰ったらたくさん、たくさん話をしよう。

『アリト。ここは森の中だ。まだ上級魔物はいないが中級魔物はいる。警戒を忘れるなよ』

『ああ。ありがとうな。アディーにもとても感謝しているよ。なんだかんだ言ったって、アディーが一番俺たちの面倒を見てくれてるよな』

『……深くは眠るなよ。気配がしたら反応する訓練を兼ねて、俺は狩らんからな』

『わかったよ。じゃあ焚火（たきび）の周りで今日は寝ることにするな』

そこそこ深い森の中での初めての野営は、夜中に一度魔物の襲撃の気配を察して起きたが、危なげなく倒し、無事に朝を迎えることができた。

リアンとイリンも気配を察して起きたが、俺とスノーであっさり倒したのを見て目をキラキラさせていて、とても面映（おもは）ゆかった。


今日からまた北に向けて進む。

旅の終着点まで、あとどれくらいだろうか。

そこに待っているものが何かはわからないが、きっと皆と一緒なら大丈夫だ。

番外編　木漏（こも）れ日

エリダナの街にある図書館から外に出ると、まだ眩しい陽射（ひざ）しに目を細めた。

「今日はもう終わりにするから、遅めの昼食を食べた後に街を見て回らないか？」

「はいっ！　うれしいです。行きましょう！」

満面の笑みを浮かべるティンファに、やっぱり悪いことしたな、という思いを強くする。

今日はティンファと待ち合わせて、一緒に図書館に調べものに来た。

エリダナの街の図書館は、街の中央に建てられている。

地下一階、地上四階もある大きな建物で、森の街からは樹上の回廊を通り、直接三階へ入ることもできた。地上一階の吹き抜けになっているホールから見上げると、階段と張り出した枝が絡み合う様（さま）が見える。最初に来た時は、しばらくポカンと口を開けて見上げてしまった。

外部の人のそういう反応は珍しくないらしく、司書の人は微笑んで館内の説明をしてくれた。

館内には、エルフや妖精族の集落に伝わる話をまとめたものから、様々な研究書、他国から入ってきた本まであり、ナブリア国の王都の図書館と比べても遜色ない蔵書数だ。エリダナの街には研究所も数多くあるので、本棚の間に机と椅子が数多く設置されており、いつでも調べものをする人の姿がある。

館内には古い紙から漂う独特の匂いと、木の香りが混ざりあって、とても落ち着いた雰囲気だった。

エリダナの街に着いて以来、何度も図書館を利用している。

ティンファとも一緒に来たことがあるのだが、大抵調べものに夢中になりすぎて時を忘れ、閉館時間間際になってティンファに声を掛けられることがほとんどだ。

北の辺境地を目指して旅に出ることを決めたので、今日は最後に、調べ途中になっていたものを片付けるために訪れていた。

……そういえば、ティンファとのんびり街中を見て回ることもなかったな。いつも何かの途中に寄るとか、目的地まで歩きがてら店を覗くくらいだ。

今度約束して、丸一日、二人で街を散策しよう。……いや、デートじゃないけどな！　レラルもスノーもいるから、二人きりじゃないし！

「アリトさん？　どうかしましたか？」

「……いいや。なあ、ティンファ。今度暇な時、一日のんびりと街を回らないか？　エリダナに来てしばらく経つのに、そういえばティンファと二人で街を散策したことないな、って気づいたんだ」

農地へ行ったり、薬師学校へ見学に行ったりはしたが、ほとんどが半日、しかも目的があってのことだった。屋敷でお菓子作りを教えたけど、あれはゲーリクさんや領主館から来た料理人も一緒だったし、キーリエフさんたちもすぐ傍にいたしな。二人でのんびり過ごしたとはいいがたい。

「わあ！　本当ですかっ！　じゃあ、三日後なら一日中空いているので、どうですか？」

「大丈夫だよ。じゃあ、三日後、店が開く頃に迎えにいくね」

うれしそうにレラルを抱き上げてくるくると回るティンファを見て、何日も屋敷に引きこもって開発する日々を反省する。

ゼラスさんに、この街の見どころを聞いておこう。

それから店で昼食をとった後は、ティンファと二人で店を覗きながら買い物を楽しんだ。

「よし！　ゼラスさんからちゃんとこの街の見どころを教えてもらって、今日回るルートも考えたし！　見たいものを扱っているお店も教えてもらったし！　ティンファを迎えに

いくか！」

日本では飲み会なら参加したことはあったけど、友達と買い物に出かけるということはあまり経験がない。女性など、友人どころか知り合いさえもいなかった。

この世界へ来てから、旅をしながら街を皆で見て回ったことは何度もあるし、ティンファと二人で散歩したこともある。

でも……やっぱり意識しているのかな。

デートだなんて意識したら、ガチガチでとんちんかんなことをやらかす自分しか想像できないぞ。

ふう、落ち着け、落ち着け。

そう言い聞かせながら歩き、ファーラさんの家に着いた。緊張しながらも、扉を叩く。

「はーい！　アリトさん、おはようございます！　今日を楽しみにしていました！」

勢いよく開いたドアから飛び出してきたティンファの姿を見て、ドキリと胸が高鳴る。

ティンファは白いブラウスの上に、薄いピンクの膝下丈のふんわりしたワンピースを着ていた。裾（すそ）からヒラリと揺れるフリルが、ティンファの可愛らしさを引き立てている。白いポンチョのような上着を羽織り、首元の赤いリボンで留めていた。

「ティンファ……」

「おばあさんが、若い頃の服を仕立て直してくれたんです。可愛らしくて、とっても気に

入っています。どうですか？」

思わず見とれてしまっていると、クルリと回って服が花びらのように開くのを見せてくれた。

「か、可愛い、よ。ティンファ」

「ありがとうございます！　ふふふ。ちょっと気恥ずかしいですが、うれしいです。では、行きましょう！」

真っ赤になって固まっていたが、ティンファに手を引かれて階段を下りる。

「どこから回りましょうか？　あ、身支度（みじたく）に時間をかけてしまったせいで朝食を食べてないんです。何か軽く食事をしてもいいですか？」

「あ、う、うん。じゃあ、この時間は市が開かれているらしいから、そこへ行こう。屋台で何か買って食べようか」

「はい！」

掴まれた手をつい意識してしまい、顔がさらに赤くなる。これはどうしたらいいんだ？

俺から手を放すのはダメだよな。でも、ずっとこのままか？

階段を下りきると、ティンファが掴んだ手を放し、くるりと振り返って笑みを浮かべた。

……ほっとしたけど、残念な気もする。複雑だ。いや、今日はこれからだから！

朝から出歩くなら、とゼラスさんが勧めてくれたのは朝市だ。

近隣の農家が野菜を持ち寄るだけでなく、森で採れる果物や木の実に野草、この街で作られている工芸品まで、広場でフリーマーケットのように売られているらしい。

平原の街の大通り沿いにある広場へ向かって歩いていくと、軽食を売る屋台が出ていた。

「覗いて買っていこう」

美味しそうな果実や、木の実が入ったパン、そして串焼きなどを買いながら歩き、広場に着いた。

早朝でも、大勢の人が歩いている。やはり朝市が目当てなのだろう。

「うわあ！　たくさんのお店が出ていますね！　私もおばあさんに聞いていたのですが、来たのは初めてです！」

「良かった。じゃあ、見て回ろうか」

広場には色とりどりの敷き布が広げられ、その上に様々な売り物が並んでいた。中には即席の棚を持ち込んで店を開いている人もいる。

大勢の人で賑わい、活気に満ち溢れていた。

広場に入ってすぐのところに、朝採れたばかりの野菜を売る店がある。

「おう、兄ちゃん。どうだい？　全部朝採ってきたものばかりだぜ。見てってくれや」

「あっ！　あの野菜は見たことがないな。ティンファ、覗いていってもいいかな？」

「もちろんです。私も食材を買いますね」

俺は、いそいそとカバンから背負い袋タイプのマジックバッグを取り出して肩に掛ける。スノーとレラルには、買い物をしている人たちを驚かさないように、気配を殺して足元を歩いてもらった。

ティンファと二人で野菜や果物の出店を回り、日用品などの店が並ぶ区画へと進む。そこでは、細々とした旅に使えそうなものを買った。

「食材以外にも、たくさんのお店が並んでいますね。ここでしか買えないものがあるかもしれませんし、楽しみです」

「そうだね。あ、布の店を覗いてもいいかな？　何か作る時用に、カバンに入れておきたいんだ」

ナブリア国では、布はそれなりに貴重で高価だったが、エリンフォードでは植物から繊維を編んで作った布が多く流通していて、色もかなりの種類があった。森の植物を使った染色も盛んなのだそうだ。

「はい！　では私も、洋服を見てもいいですか？　おばあさんが作ってくれた服を持っているのですが、ここに並んでいるのは色とりどりのキレイな服ばかりで、見ているだけで楽しいです」

小物や布、洋服などが並ぶ店を巡り、気に入ったものを買い足していく。

「あ、これ。凄くキレイだ。ティンファ、この色はどうかな？」

「工房見学に行こう。キーリエフさんに、新しいものを作っている工房の見学許可証を貰ってきたんだ」

「それは楽しみです！」

ゼラスさんが教えてくれた観光場所は、キーリエフさんの実験用の塔と、森の街だった。塔は最新技術の研究所になっているそうで、さすがにそこを観光がてら見にいくのは違うと遠慮して、リバーシやチェスなどを作っている工房を見学させてもらうことにした。チェスの駒がどんな感じになっているのか気になるから、一度見てみたいと思っていたのだ。

工房へ歩きながら、店や屋台を覗き、果実を搾ったジュースを買って飲む。

「アリトさんのお勧め通り、とても甘くて美味しいです！」

ティンファに勧めたのは、ペトラという果実のジュースだ。ペトラは桃のような果実で、柔らかい実がとても甘くて味もいい。今の時期では一番甘い果実だと、ゲーリクさんから聞いていた。

「良かった。俺のもさっぱりしていて、美味しいよ」

俺が頼んだのは、キーラという柑橘系の果物のジュースだ。

キーラも気に入って、普段はドレッシングやジャムにして食べている。

「さっぱりですか。それも美味しそうですね！」

一口飲む？　と言いかけて、ティンファと間接キスになるのでは⁉　と気づき、開きかけた口を閉じた。

いやいや、浄化の魔法を掛ければいいだけだから！　下心はなかったから！

そう思いなおし、勇気を出して声を掛けてみる。

「な、なら一口……」

『アリト！　わたしもジュース欲しい！　甘いのが飲みたいよ』

意を決して口を開いた時、足にふにっとした感触とレラルの声が……。

『わかった。ちょっと待っててな。何かに入れてもらうから』

ぐっと言葉を呑み込んで、しゃがんで足元のレラルを撫でる。自分も撫でろとばかりに差し出されたスノーの頭も撫でまわした。

「アリトさん？　ああ、レラルちゃんも飲みたいんですね。じゃあ買いましょうか」

「あ、ああ。レラルの分とスノーの分を、別の容器に入れてもらうよ」

木のコップに入ったジュースを全部飲み、カバンから皿を取り出した。

「残念だったな、兄さん。まあ、次の機会もあるさ。ほら、おまけに多めに入れておいてあげるから、また今度来てくれよな！」

「……ありがとうございます」

店員に慰められながら、お金を渡して皿にジュースを入れてもらう。

「？　アリトさん？」

「なんでもないよ、ティンファ。邪魔にならないように、ちょっとそこの道へ入ろう」

不思議そうな顔をするティンファを促し、小道に入ってレラルとスノーの前に皿を置いた。

『甘ーい！　とっても美味しいよ、アリト！』

『甘くて美味しいの』

尻尾を振りつつ飲む二人に癒され、気分を入れ替える。

そうさ。俺には難易度（なんいど）が高すぎたんだ。こうしてデートしているだけで、進歩なんだから。

「お待たせ。さあ、行こうか」

「はい！」

表通りに戻り、木工の工房を目指して歩く。

しばらく進むと、工房が連なる工業地区に入った。

薬師などは森の街に多いから、工業地区でも森に近いところには、作業道具や魔道具を作る工房がある。一方、盛んだという木工の工房は、工業地区の中ほどにもあちこちにあった。

「ここかな。すみませーん。見学させていただきたいんですけど。これ、許可証です」

「いらっしゃい。許可証を見せてください。……はい、大丈夫です。領主館から連絡を受けていますよ。どうぞ入ってください」

入り口からすぐの部分が店になっていて、狭いスペースに棚が置かれ、そこに様々な木工細工が並んでいる。そしてカウンターの奥が工房になっているようだ。

カウンター横から手招きされ、そちらへと向かう。

領主館からの連絡で、スノーとレラルのことも聞いていたのか、従魔もそのままどうぞと言われた。

「おじゃまします。作業中にすみません。でも、見学できてうれしいです」

店の棚をキョロキョロと眺めていたティンファも、笑顔で工房へと進んだ。

ティンファの両親は、木工細工の職人もしていた。ティンファの家にあった木工細工は見事だったから物足りないかもと心配だったが、楽しそうにしていてホッとした。

それに、両親を思い出して寂しい顔をされたら、という心配もあったのだ。

「さあ、これです。どうですか?」

細工の見事な小箱から、大きな何かのパーツなど、作業している人たちの傍を通り過ぎ、俺たちが見せてもらったのはチェスの駒だった。

チェスといっても、ルールは将棋とほぼ同じだ。でも、こちらの世界のものをモチーフにした駒を使っているのに、将棋と呼ぶのは少し違う気がした。そこで、ルールは将棋だけれども、チェスと呼ぶことになったのだ。

あっという間に様々なチェスの戦略をキーリエフさんが編み出し、すでに定石が生まれている。もう俺では相手にならず、キーリエフさんはゼラスさんと毎日勝負していた。

領主館へ持ち込み、そこで息子や孫とも遊んでいるらしい。

ちなみに、ルールは決めたが、駒の形はとくに限定していない。

「うわあ！　こんなに小さいのに、とっても可愛いです！　これは、魔獣を模しているんですね」

駒は、様々な魔獣の形をしていた。全て獣系で、可愛らしい姿のものが多い。

「あっ！　図鑑で見たことがあります！　これはリマですよね？　小型で、森の木の洞に住んでいる魔獣です」

ティンファが手に取ったのは、モモンガに似た魔獣の駒だ。

俺は魔獣や魔物の名前をあまり知らないけれど、ティンファは家にあった魔獣図鑑を持ち歩いて愛読している。

図鑑に載っているのは代表的な種族だけらしいが、地球で見た動物と似たような特徴を持つ魔獣も多かった。

リマというのは、確かかなり多く棲息している一番下級の魔獣だった気がする。

「そうだよ。うれしいな、こっちはわかるかい？」

「ゲランですね！　スノーちゃんと同じ系統の魔獣です！」

手に取って見せてくれたのは、狼系の魔獣。確か下級魔獣で、同じ狼系は下級魔物にウラボがいたはずだ。スノーをフェンリルではなく何の種族と偽るのがいいか、図書館で調べた覚えがある。

でもやっぱり白銀の毛並みはごまかしきれないから、種族を偽るのはやめたのだ。

「おお、凄い！　も、もしかしてこの従魔の子はフェンリルですか？　初めて見ました！とても美しい毛並みですね！」

おお。獣形の駒を作っている人だけあって、やはり詳しいんだな。

「え、ええ。そうですが、内緒にしておいてください。大人しい子ですし、周囲の方に騒がれたくないのです」

スノーの頭を撫でると、うれしそうに尻尾を振って見上げてくる。そんな姿を、職人の男性はまた驚いた顔で見た。

「あ、ああ、なるほど。大丈夫ですよ。領主館からも、騒がないようにと連絡を受けております。しかし、本当に大人しくてキレイな毛並みですね。……凄い。まだ王の駒を作ってないので、フェンリルをモチーフにしてもいいですか？」

「いいですけど……。ゲランの駒と混ざりませんか？」

狼系の魔物は、種族によって耳の形や顔のバランス、毛色などが違うのだが、一見しただけだと区別しづらい。

キーリエフさんとの話し合いの時、駒を染める案もあったのだが、常に人が触るから色落ちするかもしれないし、木目のままのほうが素朴でいいだろう、ということに落ち着いていた。

「そこはまかせてください！　ゲランとは威厳が違いますから！　職人として、腕が鳴ります。ぜひ作らせてください！」

俺だと絶対に区別なんてつけられないが、そこはプロの作り手さんだものな。キラキラとした眼差しでスノーを見つめているし、期待してもよさそうだ。

「わかりました。スノー、スノーの駒を作りたいって言っているけど、いいよな？」

まあ、駒にするのはフェンリルであって、スノー本人ではないけど。でも恐らくスノーをモデルに作るだろうからな。

『これ？　これの形がスノーになるの？　うん、いいよ！』

ゲランの駒を目の前に見せると、じっと見つめてから頷く。小首をかしげる姿が、とても可愛かった。

顔を上げると、職人さんも顔を綻ばせていた。

「作っていいそうですよ。フェンリルの駒ができたら、連絡してくださいね」

「この駒で、鳥系のものはないんですか？　獣系もいいですが、鳥も種族が多いですよね？」

ティンファが尋ねると、職人さんは頷いて答える。

「鳥系もありますよ。おい、お前の鳥系の駒を見せてくれ」

ティンファの言葉を聞き、アディーの駒もあったらカッコイイだろうな、と思う。

隣の席の人が見せてくれた鳥の駒には、翼を広げているものや、鋭い嘴を開いたものもあった。

「やっぱり鳥系だと、バランスが難しいですね。動かすのに、あまり大きすぎても邪魔になりますし、種族を見分けるのも詳しい人でないとなかなか……」

俺が感想を言うと、職人さんも同意する。

「そうなんだよ。でも、鳥系が好きな人もこの街には多いからな。キーリエフ様がロックバードに乗って飛び立つ姿を見かけると、街の人も大喜びだ」

うわ、そうだったのか。スライムを捕獲に行く時は、俺もルーリィに乗っていたけど、もしかして街の人は空を見上げていたのだろうか。

オースト爺さんの場合、薬師なら誰でも爺さんの名は知っていても、恐らく会ったことのある人は少ないだろう。その点、キーリエフさんは、この街に今もいるもんな。

そのまま職人さんと魔獣の話をしたり、作品を見せてもらったりしてから工房を出た。

もちろん、フェンリルの王の駒のセットを予約するのも忘れなかったぞ。まだチェスの販売の時期は決まっていないそうだけど、キーリエフさんのお蔭でき上がったら売ってもらえることになった。

ティンファも欲しそうだったから、二組お願いしたぞ。

その後、魔道具や、調理器具を作っている工房を覗いているとお昼近くになったので、昼食をとるために店へ向かった。

「ティンファ。お昼ご飯は、俺が決めた店でもいいかな？　ゼラスさんが、いい店を教えてくれたんだ」

「はい！　楽しみです」

朝からずっとうれしそうに笑うティンファの姿に、こんな日をたまには過ごしたいと思った。

大通りを森の街のほうへ歩き、階段を上る。

「森の街のほうにあるお店なんですね」

「そうなんだ。なんでも、森で採れる美味しい木の実を使った料理を出してくれるらしいよ」

店は、階段を上がってすぐの場所にあった。

太い回廊に面した、二階建ての小さな店だ。窓に掛けられたフリルのついた布に、一瞬中に入るのを躊躇(ためら)う。テラス席もあるから、そこがいいだろう。

「わあ！　可愛らしいお店ですね！　とっても素敵です！」

入り口のドアには花の模様が彫刻してあり、全体的に花をテーマにしている店のようだ。

「……じゃあ入ろうか。スノーたちもいるから、テラス席でいいかな？」

「はい！　このテーブルと椅子も素敵ですね」

花の細工が施されたテーブルと椅子をじっくり眺めるティンファをそのままに、俺はドアを開けて中へ入った。

「いらっしゃいませ」

「ええと、従魔も一緒なので、外のテーブル席でお願いします」

奥から出てきた小柄な女性の店員に、ゼラスさんお勧めの品を注文し、お金を払う。

「はい。では、できましたらお持ちしますので、テラス席でお待ちください」

店内にはこぢんまりとしたテーブルと椅子が並び、やはり可愛らしい雰囲気だ。

外へ出ると、椅子に座ったティンファがレラルを膝に乗せて撫で、スノーは椅子の横に寝そべっていた。

「ゼラスさんのお勧めを注文しちゃったけどいいかな。飲み物はとりあえずお茶にしたよ」

「ありがとうございます。この辺は落ち着いた雰囲気のお店が多いんですね。あまりこちらには来ないので、新鮮です」

ここは回廊の端で、どちらかというと薬師の工房や住宅が多い場所である。のんびり昼食を食べるのには、この店がいいだろうとゼラスさんが教えてくれたのだ。

ゼラスさんお勧めの料理は、調味料に塩と果汁しか使ってないとは思えないほど美味しかった。

驚いたのは、木の実がたっぷり入ったパンが、かなり柔らかくて美味しかったことだ。もしかしたら領主館から街に、酵母の情報が広まっているのかもしれない。パン屋を見つけたら、寄ってみよう。

「このハーブティーも、とても美味しいです。干した果実の皮がたくさん入っていますね。甘めで香りが良いです」

「うん。ここの料理は、果実の使い方がとても上手だね。肉の味付けに使っている果実が何なのか知りたいよ」

木の実たっぷりのパンや、野菜が蕩けたスープもとても美味しかったが、果汁で味付けされた焼肉が凄く柔らかくて美味しかった。

きちんと筋をとり、果汁に漬けて柔らかくしているのだろう。俺の場合、手持ちの果実を搾った汁とシオガで味付けをしているから、毎回味が違うのだ。

「そうですね。でもアリトさんの作ってくれる料理も、いつもとても美味しいですよ」

食後のお茶を飲んで一休みを終え、中へ声を掛けにいく。

午後は、森の街の回廊を買い物しながら回る予定だ。ゼラスさんにとっておきの場所を教えてもらったので、そこにも立ち寄りたい。

「じゃあ、ゆっくり回ろうか」

「はい！　旅用のものがあったら買いたいですね」

森の中に張り巡らされた回廊は、何度通っても不思議な気分になる。

手すりに掴まって下を覗くと、斜めに横切る回廊が見える。さらにその下にも回廊があり、もっと下に続く階段もあった。

「上に行くよ」

階段は、家が建てられていない木にぐるっと螺旋状に作られていたり、回廊と回廊の間を斜めに繋いでいたり、木の枝を利用して設けられている場所もある。

いくら手すりがあっても、急な斜めの長い階段を使うのはちょっと怖い。

「あ、こっちに階段がありますよ」

ティンファが示したのは、一番上の回廊へと続く、傾斜のある長い階段だった。

……ティンファは、こんなところも怖い物知らずなのか。

森の街は、上下にも広がりがあるので地図にしづらく、そして地理を覚えづらい。回廊も、上下が四層、五層もあるような場所もあれば、一層の場所もあるのだ。

だからゼラスさんに教えてもらったとっておきの場所にも、実はたどり着けるか不安だったりする。

「うわあ！　見てください！　最上階から、一気に下りてきた人がいましたよ！　いつ見ても、さすがにあれは私にはできないと思ってしまいます」

「……俺もやりたくないかな。アディーにあれくらい余裕でできるようになれ、なんて言われるんだけどね」

クスクス笑うティンファを横目に、上層を見上げる。

最上階から下がっているのは、一本のロープだ。そう、一気に何十メートルも下りる手段は階段ではなく、伸縮性がまったくないバンジージャンプみたいなものだった。

もちろん安全装置などない。本人次第だ。掴まって下りながら風魔法で速度を調節し、着地も風に乗って衝撃を和らげる。

風に乗れば墜落することはない、と言われても、絶対やりたくない。

俺は人目を避けて屋根まで風で上ることがあるが、それだってひやひやしながら屋根を伝い、地面に下りる時は低い建物を選んで慎重に進み、一気に飛び降りたりはしなかった。

それから何度か傾斜の緩い階段を上り、四層目の太い回廊にたどり着いた。そこから目的地へ向かって歩いていく。

「こっちで合っていると思うんだけど……」

街の外側へと向かい、また階段を上り。

「着いた。この場所を聞いた時から、ティンファと一緒に来たかったんだ」

「わあぁ。……とっても、とっても凄い景色です」

そこは森の街の外れにある、太い木の高い位置に造られた展望台だ。

展望台からは、平原の街や、ロンドの町へ続く街道など、遥か遠くの国境の山までを見渡せた。

平原と森の緑と、空の青が広がり、世界がどこまでも続いているのだと実感できる。

「……こうやって見渡すと、ティンファと一緒に長い距離を旅してきたんだな」

「はい……。あんなに遠くからこの街まで歩いてきたなんて。繋がっているんですね、どこまでも。ふふふ。そう思うと、どこへ行っても平気な気がします！」

空を飛んだこともあるのに、今のほうが世界の広がりを感じている。

「そうだね。……次に向かうのは、この森の遥か先。なあ、ティンファ。北への旅が終わったら、オースト爺さんのところに戻りたいと思っているんだ。その後はまだ決めていないけど……」

「アリトさんを保護してくれた方ですね。……アリトさんのもう一つの故郷ですから、私も一緒に行きたいです！　それに……。私の家は、確かに両親の思い出がある大切な場所ですが、たぶん両親は私があの家にとらわれることを望みません。だから、アリトさんとずっと一緒にいさせてください」

「ティンファ……」

故郷、か。そうだな。オースト爺さんのあの『死の森』の家が、俺のこの世界での故郷だ。

「ありがとう。じゃあ、ティンファも一緒に帰ろう。スノーの両親や、オースト爺さんの従魔がたくさんいて、森の中でも賑やかなんだよ」

「スノーちゃんのご両親にお会いするのも楽しみです！　……その後のことは、旅から戻ったら考えましょう。今は、北へ行って、オーストさんの家へ帰ることまで決まっていれば、いいじゃないですか」

そうだな。のんびり自給自足のスローライフをしたいという希望はあるけれど、それは俺の旅が終わってから決めても遅くはない。

「……ティンファがずっと一緒に、って言ってくれて、本当にうれしいよ」

「ふふふ。どこに行くにしろ、スノーちゃんに乗せてもらえば、この景色の果てまでも行けそうですよね」

『スノーは大きくなったから、強いし速く走れるの！　スノーに乗れば、どこにでもすぐなの！』

『おねえちゃん、凄い！　わたしも速く走れるようになるかな？』

お座りしていたスノーとレラルが、足にすり寄ってくる。その毛並みはとても温かい。

「スノー、その時はお願いな。レラルももっと大きくなれば、速く走れるようになるさ。ティンファ、スノーに乗ったら、どこでもすぐに着くって」

「うふふ。スノーちゃんは、とっても速いものね。その時は私も一緒に乗ってもいいかしら？」

屈んでスノーを撫でるティンファに、スノーも尻尾をぶんぶん振った。

『レラルもその時は一緒だよね、おねえちゃん！』

尻尾を振るスノーの足元を、レラルがうろうろしている。

いいな。ずっとこんな風に皆で一緒にいられるんだ。

先のことなんてわからないと思っていたけど、こうやって自分で作っていくものなのかもしれないいな。

大事なものが一つできるたび、旅へ出してくれたオースト爺さんを思い出す。

「……よし、ティンファ。そろそろ下りて、旅用の品も見ながら店を回ろう」

「そうですね。色々見て回りましょう！　あっ‼」

声を上げたティンファの視線の先を見ると、空の青よりも碧いアディーが、空を切り裂き飛んでいる姿があった。

『様子を見にきてくれたのか？　アディー』

『散歩しているだけだ。まあ不審者はいないようだがな』

『ありがとう、アディー』

頭上をぐるりと一周して飛び去ったアディーを見送る。

アディーが本来の姿なら、どれほど空に映えるんだろうな。

「アディーさんはやっぱりとても綺麗ですね」

「空の青が凄く似合うよな。さあ、行こう」

スノーとレラルを撫で、急な角度の階段を注意しながら下りた。

スノーはどんなに急でも、楽しそうに走り下りるがな！　レラルも猫系なだけに、高い場所は平気なようだ。

森の街の外れの回廊から、賑やかな通りのある回廊へと、次々と階段を上っては下りて。

「木の上の家というだけでも不思議ですが、みんな違う建物なのも不思議です」

平原の街では、建物はほぼ同じ造りだ。でも、こちらはログハウスのように木を積み重ねた素朴な建物から、枝の上にどうやって建てたのかわからないが、木と煉瓦を使ったお屋敷みたいな家もあった。エルフは木工が得意な種族だからか、装飾に凝っている家も多い。

「そうだね。もしとても強い風が吹いたら、この街はどうなるんだろう？　枝が揺れても家は大丈夫なのか？」

この世界に来てから台風のような荒れた天気になったことはないが、あり得ないことはないと思う。

「プッ。面白いことを考えるね。ああ、ごめん。気になる会話が聞こえてきたから、つい口を出しちゃったよ」

話し掛けてきたのは、クレープみたいなものを売っている屋台のエルフの男性。まあ、混血かどうかはわからないが。見た目は二十代半ばくらいのスラっとした美形だ。

「面白い、ですか？　でも、ある程度は風の魔法で緩和できるでしょうけれど、それこそその屋台が飛ばされるような風が吹くかもしれないじゃないですか」

そうしたら面白いでは済まないだろう。

風速三十メートルもあれば、車が横転（おうてん）するんじゃなかったか？

「まあ、そうなんだけど。プクク。俺たちエルフは、森で集落を作って暮らしていた時から木の上に家を建てていたんだぜ。それこそ何千年という昔からな。風に対する対策は、研究し尽くしているよ」

「凄いですね！　やっぱり風魔法で家が揺れるのを防いでいるんですか？」

だとしたら、風はかなり応用の幅があるってことか。アディーがしっかり修業しろって言うわけだよ。

「そうだぜ。まあ、建てる時に、土台にする木の枝や、建材の木もしなるように魔法で処理してあるんだ。木に揺れるなっていうのは、無理な話だろ？」

「た、確かに……。やっぱりこの森の街は特殊な技術で造られている、ってことなんですね」

そういえば俺は、最初は回廊を歩くだけで、つり橋のように揺れたらどうしようかと内心で緊張していた。いくら枝を支えにしていても、ほとんど揺れずに通れること自体が、考えたらとても凄いことなのだ。

「ふうん。もしかして、建築にも興味があるのか？　そうだな。俺は詳しくはないが、この先で今、家の建て替えをやっているぜ。見に行ったら、少しはわかるんじゃないか？」

「それは見てみたいです！　アリトさん、見に行ってみませんか？」

「そうだね。行ってみようか」

エルフの青年にお礼を言って、勧められるままにクレープのようなものを買った。

それは小麦粉を水で溶いたものを薄く焼き、果物や野菜や肉などを巻いたもので、俺とティンファは果物と木の実のものにした。

生クリームやジャムはないが、何種類かの果物の組み合わせが素晴らしく、美味しかったな。

その後は教えてもらった家の建て替えを見学し、枝の上に土台を組み上げる過程を見ることができた。

枝のしなりを計算に入れながら土台を組み上げる技術を感心して見ていたら、アディーが肩へ下りてきて、ビシビシと修業の課題を告げてきた。

飛び立ったアディーを微妙な顔で見送ると、ティンファに笑われ、なんだか俺もおかしくなって結局二人で笑ってしまった。

「私は、おばあさんの家に住んでいるのに、家があまり揺れない理由なんて考えたこともなかったです。普通に何も気にせず暮らしていたけれど、凄いことだったんですね」

魔力を使って建材の処理までやっていて、まさしく熟練の建築士の技術というやつだろう。

寿命が長いために技術者の養成に長い年月を掛けられるからか、木工が得意な種族だからか、技術者は全員エルフだった。五人であっという間に土台を造り上げていく過程には目を見張ったよ。

「何千年って時間を掛けて生み出された技術だってことだね」

そう考えると、回廊を歩いていても何だか感慨深いものがある。

それから家が建つ回廊を通り抜け、店が並ぶ太い回廊へと出た。

「あ、あそこっ！　あの店に寄ってもいいですか？」

ティンファが向かったのは、布と糸の店だ。色とりどりの商品が店頭に並んでいる。

「糸、か。俺も買っておこう」

皮を加工する時は蜘蛛の魔物の糸を使っているが、布を縫う時の糸は使用する機会があまりないのでほとんど持っていない。

リナさんはリアーナさんにプレゼントするクッションに、色とりどりの糸で刺繍していたな。

刺繍はしたことがないが、様々な色の糸を買っておいてもいいかもしれない。ティンファ用の装備を作る時にも使えるだろう。

「糸の強度が強いのは、どれですか？」

「強度で選ぶなら、このエルビーの糸かな。これは魔物素材だから、普通の刃物では切れないという欠点もあるけど、染めやすいので様々な色が……？」

説明してくれている店の人に向き直って、思わず呆然としてしまった。

すっきりと首の横に一本に束ねられた紺色の髪、尖った耳、妖艶(ようえん)さが漂う切れ長のグレーの瞳。そして豊満な身体つきをしているエルフの女性だった。

「ん？　子供のようにも見えるが、もう成人しているのかい？　でも女性をそんな無遠慮(ぶえんりょ)な目で見るのは感心しないね」

「えっ⁉」

「……アリトさん？　そうですよね。やっぱり大きいほうが男の人はいいですよね……。でも私も、まだ十八ですから、もう少しは大きくなるかもしれないし……」

「ええええっ⁉　えっ！　いや、あの、ティンファ！　な、何を言って⁉」

店の女性の言葉に驚いていると、さらにすぐ後ろからティンファの声が聞こえ、驚愕を通り越して取り乱した。

「なんだい、お嬢ちゃんはそんなことを気にしていたのかい？　男なんてね、勝手なもんだよ。こんなの大きくても邪魔なだけなのにさ。大きいほうが、なんて言うヤツがいたら、お嬢ちゃんのほうから振ってやんな！」

「えっ⁉　お、俺はそんなこと言わないっ！　大きいとかそんな気にすることじゃ」

「そうでしょうか？　小さくてもいいんでしょうか？」

「いい悪いじゃないいんだよ、これは！　そんなの気にすることないって」

エルフで豊満な女性を見たのは初めてだから、体形に種族特性はなかったのか、とか気になってつい見ちゃっただけなんだけど……。髪の色も、これだけ濃いエルフの人は見たことがなかった。

いつの間にか打ち解けて、男性が女性を観察する時の視線や好みなどについて話している二人を見て、男は関わってはいけないと、口を貝のように閉ざして気配を消して糸を物色した。

なんとかやり過ごし、糸を買って店を出ると、かなりぐったりした気分になった。

その後も何軒か店を覗き、特殊な矢じり、雨具などを買って旅の準備をし、ティンファと一緒に食材なども買った。

そして回廊を進み、再び喉の渇きを覚えて飲み物を買うというところで、やっとゼラスさんに教えてもらった店のすぐ近くまで来た。看板の名前を確かめ、たどり着けたことに安堵する。

回廊に設置してある木のベンチに座ってジュースを飲みながら、さりげなく切り出した。

「ねえ、ティンファ。次はあの店に寄ってもいいかな？」

「いいですよ！　それにしても、今日はたくさんの店を見ましたね。こんなに色んな店があったなんて驚きました！」

「そうだね。俺も森の街をじっくり見て歩くのは初めてだったから、驚いたよ。改めて歩くと、この森の街にも多くの人が住んでいるって実感するね」

森の街には、エルフだけではなく、妖精族や混血の人、そして人族や獣人族も住んでいる。家を建てるのはエルフでも、他の種族をきちんと受け入れていた。

街を造った当初から森の街の規模は変わっていないと聞いており、拡大していった平原の街よりも面積が小さいため、森の街のほうが人口も大分少ないだろうと考えていた。

しかし、今日歩いた印象では、平原の街とそんなに変わらない。

回廊の端で矢を作りながら売る人、注文を受けて細工をしている人など、森の街で働いて暮らす人もかなり見受けられた。

「ええ。おばあさんの家は端のほうなので、私も知りませんでした」

そんな会話をしているうちにジュースを飲み終わり、スノーとレラルを撫でていたが、夕暮れになる前に目的を済まそうと立ち上がる。

「じゃあ、そろそろあの店に行ってもいいかな？」

「はい！」

ゆっくりと歩き、店の前で立ち止まった。

「わあ！　とっても可愛いアクセサリーですね！　髪留めもあります！」

その店は大きい回廊に面しており、金や銀細工から木工細工まで、あらゆる細工が施されたアクセサリーを扱っている。

ティンファが手に取る品や他の品を見つつ、一通り店内を回る。

そして目に留まったのが――

「これ！　……とっても素敵です。凄いですね。こんなに可愛くて細工も素晴らしく……」

それは銀の、小さな花と葉をモチーフにしたブレスレットだった。花はとても清楚な小花で一見シンプルにも思えるが、精巧な細工が素晴らしい。

まるでティンファのようなブレスレットだな……。

指輪を贈るのはさすがに重いし、イヤリングかネックレスがいいかと思っていたけど。これ、だな。

「うふふ。あまりにも素敵で、見とれてしまいました。あっ！　向こうに髪留めのコーナーがありますよ。ちょっと見てきますね！」

うっとりと見とれていたティンファが一つため息をついてから、髪留めのコーナーへ向かった隙に、店員に声を掛けてブレスレットを包んでもらう。

微笑ましそうに俺を見て可愛らしくラッピングしてくれたのがとても恥ずかしくて、すぐにその場を離れたくなったが、我慢してお金を払ったぞ。

品を受け取ると、気づかれないようにティンファのほうへと向かった。

小さな花をあしらった髪留めを買ったティンファと一緒に店を出て、また他の店を覗きながら歩く。

そして夕暮れになり、ティンファをおばあさんの家へ送っていった。あと半月もしないで旅立つから、夕食はおばあさんと一緒がいいだろう。

「ありがとうございました、アリトさん。今日はとっても楽しかったです！」

「こちらこそありがとう。俺も楽しかったよ。また、この街を出る前に誘うよ」

「はい！　うれしいです！」

にっこりと満面の笑みを浮かべるティンファに胸の高鳴りを感じながらも、顔が赤くなる前に包んでもらった小箱を取り出す。

「こ、これ。今日の記念に。いつも実用品しかプレゼントしてなかったから」

カバンもティンファ用の布団も、それに今作っている皮の服も。全部、旅をするのに必要なものばかりだ。お菓子だけは違うけれど。

ずっと一緒に、と言ってくれたティンファに、この機会に贈り物をしたいと思った。こんな気持ちは初めてだ。

「えっ？　こ、これ、貰っていいんですか？」

「うん、ティンファに貰って欲しいから。じゃあ、また連絡するね！」

小箱を手に、はにかんだ笑みを浮かべるティンファの姿を見て、何かがぐっとこみ上げてくる。

それを振り切るように、背を向けて階段を駆け下りた。

初デートの記念にアクセサリーをって、俺は結構恋人というものに夢を見ていたのかもな。

「ありがとうございます！　大切にしますね！」

背後から聞こえた声に、手を振って走り去った。

まったく、三十年以上も生きているのに、デートして贈り物をしたくらいで、なんでこんなに恥ずかしくなって逃げるように帰っているのか！

都合の良い時だけ、今の成人前の子供の姿に感謝したくなる。湯気が出るくらい顔が真っ赤であろうことは、気づかないふりだ。

『アリト？　駆けっこなの？　もっと速く走るの？』

『駆けっこ！　わたしも頑張って走るよ！』

おお、スノーとレラルが楽しそうに横を駆け抜けていった。よし、それなら！

それから全力で、屋敷の門まで走り抜けたのだった。

その夜、お風呂に入り、寝る準備を終えてスノーとレラルをブラッシングしていると。

『アリト、今日は街を歩いていて楽しかったの？　スノーは街は人が多すぎるし、アリトやスノーに悪意を向けてくる人がいるからやっぱり好きじゃないけど、ティンファとずっと一緒で、アリトが楽しいならうれしいの』

『うん！　ティンファと一緒、楽しいよ。皆がずっと一緒、わたしもずっと一緒。うれしいよ！』

今日は一日、スノーもレラルも、大人しくついて来てくれた。

街が好きじゃないのに軽い足取りで弾んで歩いていたのは、もしかしたら俺とティンファが楽しそうに過ごしていたからかもしれない。

スノーやアディーと一緒に旅立ち、レラルとティンファが増えて五人でまた旅を再開する。こうして仲間が増えていくのは、とてもうれしいことだ。

「北へ行ったら、オースト爺さんのところへ戻ろうな。レラルもあそこなら自由に過ごせるよ」

レラルとティンファのことも、オースト爺さんは喜んで迎えてくれるだろう。

そう思うと、ちょっと気恥ずかしいけれど、とても楽しみだ。

ティンファの笑顔を思い浮かべ、心が温かく、そして愛しさがこみ上げてくるのをごまかすように、スノーとレラルへ飛び掛かった。

『きゃー！　アリト、もっと、もっと！』

『アリト！　スノーも、もっとたくさんなでなでするの！』

二人の温もりに包まれて、じゃれながら北への旅に思いを馳せる。

じゃれる俺たちを見つめるアディーの冷ややかな眼差しさえも温かく受け止めて、これからの生活への希望を胸に、眠りについたのだった。

後日。旅に出る前に届いたチェスのフェンリルの王の駒は、とても力強いがどこか可愛らしい姿だった。

あとがき

こんにちは。作者のカナデです。この度は文庫版『もふもふと異世界でスローライフを目指します！3』をお手に取っていただき、ありがとうございます。またこうして読者の皆様にご挨拶できて、とても嬉しく思います。

この第三巻のエリダナの街編は、とにかくおじさんが多く登場する巻となりました。すでに本書をお読みいただいた読者の方々はご存知の通り、気づけばアリトの周囲の新キャラは、ほぼおじさんばかりという展開に……。中でも、エリダナの街について書こうと思った瞬間、私の頭の中で俄かにわめき始めたのが、ハイ・エルフのキーリエフでした。

作者自身「うわっ‼」と驚いて、キーリエフの暴走を阻止しようとしたものの、ご覧の通り彼の旺盛な好奇心は制御不能となり、そのままの勢いでアリトの前へ飛び出していった次第です。

その後は、キーリエフを抑えられる人はどんなキャラにしよう？　周りの人たちは彼をどういう風になだめているのだろう？　という具合に物語のイメージを膨らませながら、他のキャラを出していきました。こうして、キャラの平均年齢の高さだけは他作品に負けない巻になりました。

舞台となるエリダナの街はエルフの街ということで、樹上の街をすぐ連想しました。けれども、それだけでは面白くないと思い、平地と樹の上の半々に街を作ることに。

執筆中は、「もう少し私に表現力があれば、エルフたちが暮らす美しい街並みを鮮やかに描き出せたのになあ……」と、情景描写の難しさをしみじみと痛感したものです。

その他、この巻では小さな従魔が新たに登場しました。彼らは「ティンファが契約するとしたらどんな従魔だろう？」という疑問から生まれた子達です。そこで閃いたのがリス型魔獣のイリンでした。イリンは旦那を引き連れて飛び出て来たため、その場のノリで番での契約になりました。ここまで登場した女性キャラの性格を振り返ると、「本作には魔獣でさえ、かよわい女性キャラがいないな」と思いましたが、「亭主関白より、かかあ天下の方が平和だから！」という世の習いに従って、そのまま押し切りました。

最後になりますが、本書の出版にあたりご協力いただいた関係者の方々、素敵なイラストを描いてくださったYahaKo先生、そして読者の皆様へ最大限の感謝を捧げます。本作によって、少しでも楽しいひと時をお過ごしいただけたのなら、それ以上の喜びはありません。それでは、文庫版の第四巻で再びお会いできることを願っています。

二〇二一年三月　カナデ

アルファライト文庫

この作品に対する皆様のご意見・ご感想をお待ちしております。

おハガキ・お手紙は以下の宛先にお送りください。

【宛先】

〒150-6008 東京都渋谷区恵比寿 4-20-3 恵比寿ｶﾞｰﾃﾞﾝﾌﾟﾚｲｽﾀﾜｰ 8F
（株）アルファポリス　書籍感想係

メールフォームでのご意見・ご感想は右のＱＲコードから、
あるいは以下のワードで検索をかけてください。

ご感想はこちらから

本書は、2019年1月当社より単行本として
刊行されたものを文庫化したものです。

もふもふと異世界でスローライフを目指します！ 3

カナデ

2021年 3月 31日初版発行

文庫編集－中野大樹／宮田可南子
編集長－太田鉄平
発行者－梶本雄介
発行所－株式会社アルファポリス
〒150-6008東京都渋谷区恵比寿4-20-3恵比寿ガーデンプレイスタワー8F
TEL 03-6277-1601（営業） 03-6277-1602（編集）
URL https://www.alphapolis.co.jp/
発売元－株式会社星雲社（共同出版社・流通責任出版社）
〒112-0005東京都文京区水道1-3-30
TEL 03-3868-3275
装丁・本文イラスト－YahaKo
文庫デザイン―AFTERGLOW
（レーベルフォーマットデザイン－ansyyqdesign）
印刷－中央精版印刷株式会社

価格はカバーに表示されてあります。

落丁乱丁の場合はアルファポリスまでご連絡ください。

送料は小社負担でお取り替えします。


ISBN978-4-434-28637-7 C0193